Longtemps, j'ai vécu avec une bouteille

Madeleine Melquiond

Longtemps, j'ai vécu avec une bouteille

Albin Michel

Ouvrage publié sous la direction
de Sophie Dufau

À toutes les femmes
qui boivent en secret
(et aux hommes aussi).

« Qui a bu, boira. »

Prologue

Longtemps, j'ai vécu avec une bouteille. De vin rouge, le plus souvent. Ou d'une autre boisson alcoolisée. Qu'importe le flacon, pourvu qu'on ait l'ivresse ! La bouteille était cachée sous l'évier, au milieu des détergents, de l'eau de Javel, des bidons de cire, des boîtes de lessive. Toutes les dix minutes, je l'extirpais de là, en évitant de la choquer contre les nettoyants domestiques, et j'avalais deux ou trois gorgées. Puis je la remettais en place avec les mêmes précautions. Soit j'étais en train de préparer le repas, soit j'étais dans une autre pièce et j'entrais dans la cuisine sous un prétexte quelconque. Je disais : « Je vais surveiller le repas » ou n'importe quoi d'autre. Je vérifiais le niveau du vin à mesure qu'il baissait et je me rassurais : « Bon, ce n'est qu'un huitième de litre » ; « Bon, ce n'est qu'un quart » ; « Bon, à peine un demi-litre. » Arrivée à la fin, je ne me disais plus rien, car je n'avais plus conscience du niveau.

Quelquefois, je m'emparais de la bouteille et je jetais le fond dans l'évier, de dégoût. Je faisais couler beaucoup d'eau, à cause de l'odeur. La bouteille vide, je l'emballais dans un journal, en écoutant les bruits de la maison pour m'assurer que personne n'arrivait. Puis je la glissais au fond de la poubelle, en la recouvrant d'ordures. Parfois, j'avais fini la bouteille trop tôt avant l'heure du repas. Je disais : « Il faut que j'aille à la cave, il n'y a plus d'huile » ou une phrase du même style. Je descendais à la cave en passant par le jardin, car il n'y avait pas d'escalier direct, et je remontais avec une autre bouteille dissimulée sous mon pull que je cachais aussitôt sous l'évier. Il fallait alors la sortir à nouveau et l'ouvrir vite avec le tire-bouchon qui faisait floc. Pour qu'on n'entende pas le floc, j'ouvrais à nouveau le robinet à grande eau. Parfois, je ne savais plus si c'était la première bouteille ou la seconde que je buvais. Il était très rare, pourtant, que je boive complètement deux bouteilles. Une seulement, parfois une et demie. Je jetais toujours le reste, j'emballais toujours la bouteille et je la mettais toujours au fond de la poubelle. Tout en achevant de boire, je mettais le couvert très soigneusement et je finissais de préparer le repas.

Si la poubelle était trop pleine, j'allais la sortir sur le trottoir. Sur la table, il n'y avait jamais de bouteille de vin. Juste de l'eau et du Coca. Quand c'était prêt, je criais : « À table, les enfants ! »

Cette histoire, c'était hier. Maintenant, je peux la raconter et te parler à toi, celle que j'ai été.

1

La cave à vins

Cinq marches descendent à la cave. Un lilas enlace la voûte qui surmonte l'escalier de pierre. En passant, on frôle les feuilles et les fleurs au printemps ou en été et des branchettes craquantes à la mauvaise saison. Au bas des marches, il y a trois portes. L'une, en face, conduit à la grande cave, celle où l'on range les valises, les skis et les raquettes, ainsi que les vélos rouillés, les vieux postes de télé, les tuiles et des étagères Ikea dont on se dit qu'elles pourraient resservir un jour, bien que ce ne soit pas vrai, car on a perdu les vis qui vont avec. La deuxième, à droite, contient un énorme coffre-fort qui ne ferme plus et des étagères vides. Elle ouvre sur le jardin par une petite fenêtre. Plusieurs années plus tard, tu l'as transformée en studio pour ton fils aîné.

La troisième, à gauche, est revêtue d'un lourd blindage d'acier percé au milieu de petits trous en forme de fleurs, de la taille d'une bille. On dirait qu'on s'est exercé ici au tir. Cette porte donne sur la cave à vins. Une petite cave, certes, mais à laquelle il ne manque ni la bonne odeur de calcaire, ni la voûte en arête, ni les casiers à bouteilles en fer rouillés. Ce jour-là, la cave est vide. Parcourue tout au plus par de grosses araignées véloces. Le sol est couvert de poussière et de plaques de lait de chaux qui tombent des voûtes. Quelques fourmis égarées se tassent dans un coin.

C'est ainsi que tu découvris la cave à vins, un matin de 1985. Tu avais déjà inspecté la cuisine avec son rideau à carreaux pour cacher la bouteille de butane, la salle à manger envahie par un poste de télévision accroupi sur son « meuble TV » qui occupait presque toute la pièce, le salon momifié sous la cire et les bibelots. Tu avais découvert les deux chambres à l'étage. Celle du couple qui vendait la maison que tu visitais avec l'employée d'une agence immobilière était occupée par un vaste lit surmonté de deux appliques en verre dépoli. Celle de leurs deux enfants se résumait à deux lits superposés en pin appuyés contre un papier bleu au motif de Peter Pan, et de bacs de plastique rouge contenant des Lego. Tu avais parcouru du regard la salle de bains où trônait une baignoire en fonte avec des pieds de lion. L'ensemble sentait le ranci, mais était vaste et facile à rénover. Tu avais constaté que, comme disait la dame de l'agence, « les combles étaient aménageables » et, vu l'usage ultérieur qui en fut fait, elle disait vrai. C'est alors que, redescendant l'escalier et traversant la minuscule (mais réelle) véranda, tu avais débouché dans le jardin et, après les cinq marches de pierre surmontées par le lilas en fleur (on était en mai, ce dont se réjouissait la dame de l'agence qui sait que les maisons sont à leur avantage au printemps), dans la cave à vins.

La chose est banale, direz-vous. Chacun sait que les environs de Paris sont constitués d'anciennes carrières dont on faisait, il y a moins d'un siècle, le « plâtre de Paris ». Tout acheteur dont le bien futur se situe dans une zone de carrières peut lire, dûment inscrite sur la promesse de vente, la mention stipulant que le terrain ne risque pas de se dérober sous ses pieds par la malice de quelque galerie effondrée. Bien que tu aies étudié la composition du sous-sol de la région parisienne à l'école, tu ne t'en souvenais pas. Tu avais toujours vécu dans le centre de la capitale, là où les galeries sont celles du métro ou des catacombes visitées en partie par les touristes et hantées pour le reste par des jeunes gens en mal d'aventures. Tu n'imaginais pas un contact aussi direct avec le « substrat du Bassin parisien », comme on disait autrefois. Tu ignorais que le nom de la ville où se trouvait cette maison signifie, d'après une étymologie souvent citée, « caverne », voire « cimetière ».

Par une coïncidence que tu n'as élucidée que plus tard, ce réduit en forme de tombeau a exercé instantanément sur toi une séduction disproportionnée. C'est comme si toute la maison reposait sur une base miraculeuse. Ce pavillon banal recèle un trésor caché, une usine à rêves, penses-tu. Tu ne comprends pas la force de cette impression. Depuis, tu n'as eu de cesse de chercher la correspondance entre cette grotte et ton vide intérieur.

Une cave à vins. « C'est plus que du luxe,

c'est mieux qu'un jardin d'hiver, c'est le sommet de l'art de vivre ! » dis-tu à ton mari. La cave à vins devient l'argument de choc pour fuir sans tarder l'appartement parisien que vous louiez jusqu'ici. Cet engouement suscite la grogne de ton époux. Lui, au fond, il garderait bien son F4 du XIe arrondissement. C'est un Parisien. Il aime sa ville. La banlieue lui paraît mesquine. Cet appartement ne possède-t-il pas un balcon ouvert sur un square silencieux, dont les hauts marronniers donnent en ce moment des fleurs si proches qu'il suffit de tendre la main pour les toucher ? Oui, mais toi, tu lui dis qu'on ne peut pas comparer un balcon orné de quatre jardinières à de la vraie terre avec de vraies fleurs ni une étroite surface bétonnée à un jardin d'où l'on peut descendre dans une cave à vins tout comme à la campagne.

Tu en rajoutes, histoire de bien étayer l'évocation rurale : « Chez mon arrière-grand-père aussi, où je passais les grandes vacances, il y avait une cave à vins. » En effet, mais fort différente. Elle avait un sol en terre battue, des tonneaux alignés comme à la parade et un pressoir. Le vieil homme y concoctait une piquette issue de la petite pièce de vigne qu'il possédait à côté de ses champs de maïs et de tabac. Pour y accéder, il fallait sortir de la maison. Tu avais peur d'y aller seule la nuit, mais tu aimais « tirer le vin » avec ton aïeul qui ouvrait avec art les robinets pour faire couler le liquide dans un gros entonnoir de zinc, et de là, dans des bombonnes de verre ventrues, puis, grâce à un entonnoir plus petit, dans les bouteilles.

La campagne ! Voilà le mot qui fait bondir ton époux, lui qui déteste les vaches, les cochons, et même les filles comme toi, de la campagne, même s'il veut bien admettre, par diplomatie, que tes parents habitaient une ville de province.

Mais toi, tu y tiens mordicus. Tu es sûre de l'emporter pour une raison de bon sens : si tu veux quitter le coquet appartement parisien, c'est parce que tu attends un troisième enfant, et « comment élever trois enfants dans un appartement de 80 mètres carrés ? ». Cet argument, tu le lui avais déjà seriné deux ans plus tôt, lorsque tu attendais déjà un troisième enfant ; tu le ressors avec une force de conviction décuplée. Comment peux-tu affirmer que tu attendais un troisième enfant il y a deux ans et que tu attends un troisième enfant lorsque tu visites cette maison avec ton mari ? La réponse est simple, si simple qu'il fallait y penser, comme on dit des devinettes : il manque un bébé à l'appel. Il est mort à trois mois. Il repose sous une dalle au cimetière Montparnasse, une pierre moussue surmontée du buste du grand-père de ton mari qui fut président du Conseil et dreyfusard – encore heureux, comme ça, il n'y a pas de croix. Dessous, ça a à peu près la même taille que la cave à vins que tu découvres aujourd'hui, à ce que tu as pu entrevoir le jour de l'enterrement.

Par conséquent, tu ne peux plus voir en peinture (c'est le cas de le dire) les murs pastel ni les cotonnades provençales de l'appartement du XIe, surtout celles de la chambre du bébé disparu. Tu juges être en droit d'exiger un déménagement en bonne et due forme, surtout quand un pavillon de banlieue a la bonne grâce de posséder une cave à vins en calcaire de Paris. « Ça ne se voit pas tous les jours un truc pareil, surtout pour ce prix », plaides-tu.

C'est sur les marches qui descendent à la cave qu'un soir où tu étais ivre morte, six ans plus tard, ton mari t'a cogné plusieurs fois la tête. Tu as saigné pas mal. Les trois enfants pleuraient. Tu voulais t'enfuir sur-le-champ, mais une voisine avisée t'a sorti la formule sacramentelle selon laquelle « il ne faut jamais quitter le domicile conjugal ». Tu étais déjà montée dans la voiture, les gosses en larmes tassés à l'intérieur, mais elle a carrément mis une chaîne et un cadenas à la grille de ton jardin et appelé la police. C'était une grosse femme qui se prenait pour le shérif du quartier, sous prétexte qu'elle surveillait les enfants à la sortie de l'école.

Les flics arrivent, toutes sirènes hurlantes.

– Vous semblez blessée, madame. Votre mari vous a-t-il battue ?

– Non, messieurs. Je me suis cognée. J'ai trop bu. C'est une dispute conjugale.

– Vous êtes sûre de ne pas vouloir porter plainte ?

– Oui. Bonsoir, messieurs.

– Dans ce cas, au revoir m'sieurs-dames. Attention au tapage nocturne !

La cave à vins

C'est lui qui est parti. Sur-le-champ. Tu ne sais pas où. Tu es restée seule avec les petits dans la grande maison. Le lendemain, tu as quand même déposé une main courante au commissariat. Il t'avait bien amochée.

2

Le repas de famille

Lorsque ta fille eut un an et que tu fus certaine que la mort qui avait surpris son frère dans son sommeil ne la menaçait plus, tu pris avec ton mari la décision de faire un repas de fête dans votre nouvelle maison.

Tu avais invité la psychologue qui t'avait aidée aux heures difficiles du deuil, son mari, et des cousins éloignés qui habitaient à trois rues de là. Ce n'était pas un repas de famille au sens strict, mais tu le vivais ainsi, car tu rassemblais vos enfants pour une fête joyeuse avec des amis très chers.

Tu venais de passer plus d'un an à surveiller, seconde après seconde, la respiration de ta fille, reliée à une alarme par des électrodes collées sur la poitrine, afin de signaler un arrêt de la respiration. Les scientifiques faisaient alors des recherches sur le sommeil du nourrisson. C'est un sommeil irrégulier, avec de nombreuses pauses respiratoires, des apnées. Elles étaient dues, pensaient alors certains chercheurs, à l'immaturité cérébrale des nouveau-nés. Ils supposaient qu'une apnée prolongée entraînait la mort subite de certains bébés. D'autres prétendaient que le décès survenait à cause d'une fausse route, c'est-à-dire une régurgitation mal contrôlée qui emplissait les poumons. Ils conseillaient de surveiller l'acidité des renvois des bébés. Aujourd'hui, la controverse semble éteinte. Le corps médical préconise de coucher les bébés sur le dos. Cette solution empirique a fait chuter les statistiques d'accidents mais le mystère n'est pas pour autant résolu.

Prise entre ces théories et controverses, tu avais voulu surveiller le sommeil de ta fille, née un an après le décès de son frère, à l'aide d'un moniteur cardiaque. Cette solution était conseillée aux mères anxieuses qui avaient perdu un enfant de mort subite. C'était rassurant, en un sens. Mais source d'angoisse. À force d'épier l'alarme, tu devins peu à peu toi-même un cœur affolé, un cerveau vide de toute pensée, un corps inactif tassé sur un fauteuil, deux yeux rivés à la coque transparente du berceau en plastique prêté par l'hôpital. Toute sonnerie signifiait que les battements du cœur passaient sous un certain seuil qui pouvait être celui du danger létal. Il fallait alors stimuler l'enfant pour le réveiller. Des alarmes se déclenchaient souvent par erreur, parce que ce seuil était difficile à régler. Ta fille s'obstinait à rester fraîche et rose tandis que la sonnerie hurlait. Pourtant, rien ne pouvait te persuader d'arrêter la surveillance car, sans cesse, le visage couleur plâtre et les minuscules paupières closes du cadavre de ton fils disparu se superposaient aux bonnes joues et au sourire décidé de ton nouveau bébé.

Tu t'es demandé souvent ensuite pourquoi tu avais prolongé cette épreuve si longtemps, alors que le danger devient minime passé l'âge de six mois. Ce deuil n'en finissait pas. Est-ce parce que, lorsque les pompiers avaient échoué à réanimer ton enfant, ils l'avaient emporté nu, dans une couverture, à l'hôpital ? Ils t'avaient expliqué qu'il valait mieux déclarer la mort à son admission au centre hospitalier pour ne pas risquer une enquête de police, habituelle lorsqu'un nourrisson décédait à la maison. Tu n'en avais pas moins eu le sentiment d'un rapt.

Dès lors, tu fus, certes, très entourée. Ton mari te soutint de son mieux. La famille, les amis, les confrères formèrent une chaîne d'affection. Les psychologues de ce que l'on nommait alors le Centre de référence de la mort subite inexpliquée du nourrisson (cette structure faisait office de centre de ressources aussi bien pour le corps médical que pour les familles) vous reçurent très vite. Tu devins membre d'une association de parents dont les enfants avaient disparu ainsi.

Mais cette sorte d'enlèvement, cette mort scellée par une fausse déclaration, t'ont sans doute davantage troublée que tu ne l'as pensé sur le moment. Tu n'es pas allée non plus à la chambre funéraire. Tu avais tenu ton enfant mort entre tes bras, il te sembla que c'était inutile. Tes enfants n'ont plus revu leur frère, qu'ils avaient quitté vivant la veille. Tu es juste allée avec ton mari les chercher à la sortie de l'école pour leur annoncer la nouvelle. Ton mari seul assista à la mise en bière. C'est cette mort violente, mais aussi cette mort en douce, qui t'a peut-être conduite à boire.

Sans compter l'année passée près du berceau de ta fille. Tu t'étais ratatinée aux dimensions de la coque de plastique, réduite à deux pavillons acoustiques qui épiaient l'alarme. Ton cœur se confondait avec la lampe rouge du moniteur. Il était devenu une lampe vigilante dont la défaillance semblait enclencher la sonnerie, comme si tu étais appelée à mourir toi-même.

Pour parfaire le tout, le bébé était installé sur un matelas en mousse découpée en pente douce, de manière que sa tête soit plus haute que ses pieds. Ce dispositif était censé éviter les remontées gastriques. Pour empêcher l'enfant de glisser, tu lui passais entre les jambes une couche de tissu que tu fixais avec des épingles au protège-matelas. Dans cette acrobatique position, la petite fille continuait envers et contre tout à sourire et à gazouiller, à grossir et à avoir faim. Aujourd'hui, elle fait des études de cirque. Elle pratique les disciplines aériennes. Être suspendue à un trapèze lui semblerait-il naturel ?

Tu remarquais à peine les allers et retours de

l'école de tes deux fils. C'est ton mari qui s'occupait d'eux en partant et en revenant du travail. Tout juste préparais-tu les repas et garnissais-tu la machine à laver. Et lorsque le soir, parfois, tu faisais l'amour, c'était l'oreille tendue vers l'appareil enregistreur.

Tu t'étais mise à boire. Tu buvais de tout : whisky surtout, cognac, vin, vodka, gin. Quand on boit pour boire, du moins au début, on ne choisit pas son alcool. Ensuite, lorsque viennent la mauvaise foi envers soi et le déni envers autrui, on se trouve des préférences. « Je n'aime que le bourbon, pas le whisky. » « Jamais d'alcool fort sauf, parfois, un verre de très bon cognac. » « Une goutte de porto, ça requinque. » « Ah, une bonne bière quand il fait chaud l'été ! » Parfois tu te comportais de façon à peu près civilisée. Tu buvais au verre. De plus en plus souvent au goulot, à toute vitesse, sans même sentir le goût de ce qui se déversait dans ta bouche et ton canal digestif. Tu alternais les boissons licites, situées dans un buffet au salon ou dans les casiers de la cave à vins (il fallait vite racheter des bouteilles de même marque pour qu'on ne remarquât rien), et les boissons cachées n'importe où, derrière les produits ménagers, à la cave, dans un recoin du jardin sous les feuilles, au fond de ton sac sous des dossiers de travail.

C'est dire combien, une fois rendu l'appareil enregistreur et le berceau aux services hospitaliers, une fois que ta fille, joufflue à souhait, esquissa ses premiers pas, tu fus soulagée. Il fallait fêter ça !

Tu avais apporté un soin extrême à ce dîner. Comme on disait autrefois à la campagne, c'était en quelque sorte une fête de relevailles. La maison reluisait, les verres étincelaient comme dans une publicité pour Skip, tu avais préparé tes meilleures recettes. Tu t'étais habillée du mieux possible, en essayant de camoufler les kilos gagnés lors des deux grossesses et de cette année sédentaire.

Le jour dit, tes invités arrivèrent, empressés, amicaux, un peu curieux aussi et maladroits, comme on l'est en présence de ceux qui « ont eu un malheur ». Ils apportaient des cadeaux, des bouteilles. Tu servis l'apéritif dans le salon. Nous bûmes. Tu bus. Tes invités, installés dans leurs fauteuils, dégustaient leur verre de porto, de whisky ou de champagne, entourant de regards attendris ta fille qui circulait à quatre pattes sur le tapis, ou sur deux jambes chancelantes, aidée par un doigt d'adulte, tandis que tes fils, en jean bien repassé et pull tricoté main, se contraignaient à rester assis. Tu faisais des allers et retours de la cuisine au salon, comme toute maîtresse de maison qui n'a pas de domestique. Alors là, mes amis, quelle samba ! Une gorgée de vin par-ci, d'armagnac par-là, un peu de madère qui traîne, un petit tour à la cave…

Tu es – semble-t-il – très en forme, lorsque tu proposes aux invités de gagner la salle à manger où chacun est placé à table selon le protocole. Entrée servie à l'assiette. Tous dégustent. La conversation est bien engagée. Tu réponds évasivement. Ça cogne un peu dans la tête. Tu trébuches en enlevant les assiettes. Cuisine : un petit coup pour te remonter. C'est facile, les apéros sont restés dans le salon, il suffit d'y aller en catimini.

Le plat suivant est juste à point. Couteau électrique. Tout va bien. Saucier, sauce. OK, parfait. Tu fais ton entrée. Applaudissements. Les enfants battent des mains, même la petite. Ton mari sourit. Pour le dessert, tu présentes un grand gâteau avec la petite bougie des « un an ». Les verres se lèvent. Champagne ! Tu bois.

« Servez-vous. Je vais coucher les enfants. » Ton mari propose d'y aller. « Non, réponds-tu, pour une fois repose-toi. Tu m'as tant aidée ces temps derniers ! »

Tu montes au premier étage, la petite dans les bras, les garçons sur les talons. Ils sont heureux : maman va mieux. Tu demandes à tes fils de se mettre en pyjama. Tu déshabilles la petite. Extinction des feux. En bas, ça bourdonne, ça rit, les couverts s'entrechoquent. Tu entres dans la chambre conjugale où une couette blanche rebondie couvre le lit à barreaux. Tu y tombes. Tu fermes les yeux, tu dors à demi. Tu entends qu'on t'appelle : « Tout va bien ? » « Tout va bien. » Tu ne bouges pas. Dix minutes plus tard, une invitée se présente à ta porte. On t'attend pour le café. Bien sûr, le café. Tu redescends. Elle te précède. Tu entres dans la salle à manger, tu souris. Tu t'appuies un peu à la table. Ça tourne. « On va t'aider à mettre les tasses », dit quelqu'un. Oui, tu veux bien. Tu t'assieds. Tu inclines la tête. Quelqu'un (qui ?) prend les choses en main. Voici les tasses, la cafetière, le sucre, les petites cuillères. Tu entends : « Elle est fatiguée… Épreuve… Dépression… » Tu n'entends plus rien. Tu glisses de ta chaise. Tu es au sol. Tout est noir. Des formes bougent. On demande des manteaux. On prend congé. Ça racle (des chaises que l'on déplace ?) contre le plancher. Quelqu'un te porte. Tu es dans un lit frais. Une serviette humide se pose sur ta nuque. Quelqu'un te caresse le front. Ce n'est pas ton mari. Cette nuit-là, il part dormir dans une autre chambre. Lorsque tu t'éveilles, la maison est vide. Les garçons sont à l'école, la petite à la crèche. Leur père, au travail, sans doute. Une main invisible a tout rangé. Le soleil brille.

3

Les enfants trinquent

La patience des enfants est inépuisable. Semble-t-il.

Chaque soir, tu leur infligeais obstinément le spectacle d'une déroute annoncée. Tu rentrais du travail. Tu buvais. S'ils ne faisaient aucune remarque, tu buvais. S'ils te disaient que tu avais bu, tu buvais et tu niais. Tout au plus concédais-tu parfois avoir pris « un verre ». Et tu riais. Tu riais bêtement, comme un enfant menteur, qui ne sait en plus même pas mentir. C'était exaspérant pour eux. Tu t'indignais du soupçon. Tu tournais le dos à leurs remarques désolées.

D'abord, ce furent les voix anxieuses de tes garçons confrontés à la métamorphose incompréhensible de leur mère qui, jusqu'à la mort de leur petit frère, était toujours gaie et pleine d'allant, alors que leur papa était plus souvent anxieux ou déprimé. La venue au monde de ta fille t'avait remplie de joie, mais tu ne retrouvais ni force ni insouciance. Encore moins la sobriété.

Ton mari non plus n'avait pas supporté la transformation. Il s'était lassé. Souvent porté dans le passé par ton énergie, cet homme foncièrement dépressif ne trouvait pas la ressource de vivre pour deux. Il comprit que tu buvais. Il chercha à te raisonner et souffrit de son échec. Il rencontra presque par hasard une autre femme, un amour de jeunesse. Situation banale, si tristement banale.

Tu avais finalement divorcé. Procédure « à l'amiable », comme on dit. Malgré la main courante, dont tu n'avais pas fait état. Pas de vagues, t'étais-tu dit alors, pas de scandale.

L'époux abandonne le navire. Il te voue à ton sort. Il « refait sa vie ». Succession des jours sans joie. Mécanique des verres de whisky le soir. Petit drame bourgeois.

Et l'on s'installa dans une nouvelle vie. Dans le gris. Le rattrapage. Le ravaudage. Le partage des week-ends. Les vacances alternées.

Tu réussis à retrouver du travail. Précaire. Des

cours de journalisme à la vacation, des travaux d'écriture pour n'importe qui, sur n'importe quoi. Horizon : gagner sa vie, payer les factures, s'occuper des enfants. Et tu y arrivais. Contre toute attente, tu te relevais, tu résistais. On t'avait annoncé le pire. Ta propre avocate avait décrété que tu ne pourrais pas garder ta maison, car tu n'arriverais pas à rembourser les mensualités du crédit. Mais si. Tu payais chaque mois ton échéance. Tu avais un budget au franc près (c'était plusieurs années avant la création de l'euro) pour l'alimentation. Tu habillais les enfants en passant les vêtements de l'un à l'autre à mesure qu'ils grandissaient. Ta fille s'est plus d'une fois retrouvée habillée en garçon.

Tu tenais la route. Mais il y avait le prix. Le prix caché. Chaque soir, tu buvais. Plus ça allait, plus tu buvais. Pourtant, au risque de décevoir ceux qui pensent que tout alcoolique se détruit inexorablement peu à peu s'il ne cesse de boire, tu n'as pas connu la déchéance. La spirale prétendument inévitable qui mène du boire le soir au boire le midi et au petit blanc sur le comptoir à 7 heures du matin ne s'est pas enclenchée. Tu n'as jamais franchi la borne.

Tu n'as jamais bu avant d'avoir terminé ta journée de travail. Pourquoi ? Parce que rien, parce que comme ça, parce qu'il le fallait.

Que d'idées reçues sur l'alcool ! La société préfère la malédiction sans limites. Voilà qui simplifie tout. D'un côté, les réprouvés que, pour faire moderne, on nomme « malades alcooliques ». De l'autre... les autres. Quant à ceux qui sont entre deux eaux, entre deux vins, on ne les aime guère. Trop compliqué. Accepter cette réalité conduirait à se demander si, soi-même, on n'est pas dans l'entre-deux. Question taboue. Les prétextes culturels et le lobby alcoolier (il faudrait faire une enquête pour savoir s'il est si actif que ça ou s'il surfe sur la vague) font le reste. Notre société n'avance pas d'un pouce quant aux préjugés et fables qui courent sur l'alcool. Sauf sur l'ivresse au volant. Il aura fallu beaucoup de morts et de radars pour ça.

Aujourd'hui encore, on me pose des questions bien intentionnées : « Alors, maintenant, tu es guérie ? » ou, pour les plus informés qui ont lu dans quelque revue qu'« on ne guérit jamais de l'alcool » : « Alors, c'est surmonté ? » ou : « Alors, c'est résolu ? »

Je ne leur en veux nullement. Tout le monde souhaite que ses amis aillent bien. Je sens que si je réponds non (car c'est ce que je fais), ils me jettent un regard surpris, en coin, déçu. Je mets à mal leur amitié. Je devrais dire oui pour les tranquilliser. Le plus troublant pour eux vient, je crois, du fait que je ne corresponds pas à l'idée que la plupart de nos compatriotes se font des alcooliques. Je suis correctement vêtue et coiffée, gaie mais pas exubérante comme ceux qui « ont un coup dans le nez », efficace dans le travail. J'ai d'ordinaire bonne mine. J'ai le rire et le sourire faciles. Ni yeux gonflés, ni pas titubants, ni surendettement, ni enfants délinquants. Rares sont ceux qui « m'ont vue quand j'ai bu ». Une mesure des plus salubres, à ce propos, serait que les alcooliques cessent de se réunir dans des cénacles anonymes. Pourquoi, alcoolique anonyme ? Est-on cocaïnomane anonyme, fumeur de cannabis anonyme, héroïnomane anonyme ? J'ai vu récemment sur une affiche « Narcotiques anonymes ». C'est bien dommage, à mon avis. Bien entendu, il ne s'agit pas d'être imprudent au point de remettre en cause son travail ou son prêt bancaire. Mais, pour revenir à l'alcool, pourquoi ces services de consultation hospitalière en catimini, ces associations qui font de l'anonymat une de leurs bases fondatrices ?

Après tout, on en est bien sorti pour les tabagiques. La dernière conversation en vogue dans tous les halls d'immeubles, ascenseurs, couloirs et bureaux de France n'est-elle pas la suivante :

– Et la cigarette, ça va ?

– Comme ci, comme ça. J'ai réduit de trois.

– Et ce voyage en avion ?

– J'ai pris de la Nicorette.

– Et les patchs, ça marche ? Il paraît que notre DG en met.

Mais nous, les alcoolos, silence radio, sauf lors d'une ou deux réunions organisées par les comités d'hygiène et de sécurité des entreprises, où on discute du « problème » en général, mais surtout pas en particulier. Pourquoi les alcooliques ne feraient-ils pas des sortes d'*outing*, pour que l'opinion commence à réfléchir ?

Non, jamais tu n'as franchi la borne. Ce fut ta muraille protectrice. L'indice, sans doute, d'une force de vie qui ne voulait pas capituler. De ton ivresse du soir, en revanche, impossible de te décoller. Pire que l'huître et la coquille !

Hors de question d'entendre les voix de tes enfants qui voulaient si maladroitement et tendrement te ramener à la raison. C'était hors de portée. Tu n'entendais rien. Tu n'écoutais rien. Les mots glissaient comme un broc d'eau renversé sur une vieille veste de cuir tannée, un toit indifférent à l'averse, une maison dans la montagne sous l'orage, portes et volets fermés dans le brouillard. Cela frappait ton tympan, mais n'atteignait pas ton cerveau. Une sorte de cercle t'entourait où nul ne pénétrait. Retranchée. Obstinée. Recluse.

Quand ta fille fut assez grande pour sentir que tu étais bizarre le soir, elle ne comprit pas tout de suite. Pour elle, tu devais ressembler à Hulk, le héros de la télé. C'était un personnage bien gentil qui tout à coup se transformait en monstre, faisant éclater son enveloppe corporelle inoffensive pour devenir un géant menaçant et dévastateur. Cette enfant qui te trouvait au matin douce et attentionnée (au réveil, tu te sentais très bien en général, encore une différence avec l'alcoolique standard), cette fillette que tu portais délicatement jusqu'à la table du petit déjeuner dans sa robe de chambre bleue pour qu'elle finisse de s'éveiller en douceur et dont tu sentais les bras tendres autour du cou te retrouvait le soir inattentive, somnolant sur un sofa, écoutant une musique au son réglé trop fort, dans un brouillard de larmes.

Elle essayait de se blottir dans les doux bras, de parler à la gentille maman et ne trouvait qu'une forme absente qui échappait à sa sollicitude. Tes fils, eux, avaient vite compris de quoi il retournait. Mais l'inamovibilité de la situation leur était une énigme. Leur espoir inextinguible de te voir guérir renaissait sans cesse, alors que tu leur infligeais chaque soir un supplice répétitif, comme on ouvre une écorchure à peine refermée. Ce supplice, tu pourrais le nommer le supplice de la plainte.

Chaque soir venait un moment où tu commençais, plus ou moins consciente, plus ou moins dédoublée, à raconter la mort de ton bébé. Tu entendais ta propre voix, comme dans une chambre d'écho, grimper vers une tonalité de plus en plus véhémente. Tu commençais d'énoncer tes griefs envers ton ex-mari, son absence de compréhension, cette liaison qu'il avait nouée « dans ton dos, avec cette femme ».

C'était un déferlement chaque jour identique de mots toujours les mêmes, un ressassement, un piétinement. Tu étais violente alors, éplorée et violente à la fois, sans retenue ou si peu.

Les enfants devaient se boucher les oreilles. Ils partaient se réfugier dans leur chambre, les garçons surtout, tandis que la petite tentait, encore et encore, de te consoler. Lorsque tu te sentais bien, tu lui disais qu'elle était « ta petite maman ».

Plus tard, lorsque tes fils entrèrent dans l'adolescence, ces scènes provoquèrent d'autres réactions. Tu surpris vaguement des sourires, un peu de moquerie, un soupçon de dédain. Chez la petite, de la résignation. Pourtant, ils restèrent affectueux. Ils t'épargnaient autant que leur âge le permettait. Ils te protégeaient à leur façon. Ils étaient toujours prompts à se réjouir lorsque tu te sentais mieux. Ils partageaient avec joie les moments où tu étais toi-même, les récits que tu faisais parfois de ton travail, les sorties, les vacances que, malgré tout, tu organisais.

Plus tard encore, il se produisit un retournement. Les garçons – le cadet, plus encore que l'aîné, qui prit très vite ses distances – se mirent à te chapitrer, à te sermonner, médusés par cette faiblesse d'adulte, adulte qui, par ailleurs, arrivait à mener une vie professionnelle et sociale normale. Cette faille leur était inaccessible autant que familière. Ils te comprenaient sans te comprendre, partagés entre tendresse et violence. Tu fus insultée. Rarement. Les jeunes voix mâles haussaient le ton, à juste titre, et s'exaspéraient de ton absence de réaction, de ton esquive permanente.

Il leur fallut vivre avec. Ils redoutaient que tu provoques un scandale devant les copains ou les voisins. Ils affichaient parfois de l'indifférence ou même de la nonchalance, pour ne pas souffrir davantage.

Ta fille dissimulait son angoisse. Étaient-ils profondément malheureux ? Eux seuls ont la réponse. Ils respectaient sans doute ton courage devant une vie quotidienne difficile. Ils savaient par intuition que tu possédais une vitalité profonde, en dépit de tes rechutes vespérales. Ils te connaissaient aussi rieuse, enthousiaste, tolérante, amusante. Ton appétit de vivre n'avait d'égal que cette autodestruction systématique, soir après soir.

4

Pipi sur le tapis

Lorsque tu te rendais chez ton psy, au sixième étage d'un immeuble haussmannien du XVe arrondissement, avec son nom écrit au stylo-bille sur un bout de carton punaisé au-dessus de la sonnette, tu te disais vaguement que ce cabinet ne devait pas être déclaré comme local professionnel. En attestait aussi l'absence de toute indication sur le panneau situé près de la loge de la concierge. La chose te semblait étrange, venant d'un monsieur inscrit à la Société française de psychanalyse. Ton intuition fut confirmée lorsque tu le vis un jour, en te promenant sur les hauteurs de ton quartier, passer le seuil du parc d'une grande maison bourgeoise où son nom figurait, proprement gravé sur une plaque de cuivre.

Tu avais choisi un analyste freudien sans

bien connaître toutes les écoles et chapelles de la planète psy, parce qu'on t'avait dit que c'étaient des gens sérieux qui « vont au fond des choses ». À cette époque – il y a quelque quinze ans –, les autres méthodes étaient considérées comme peu fiables dans ton entourage. Les thérapies dites courtes étaient, disait-on, spectaculaires sur le moment, mais source de rechutes. Elles avaient, circonstance aggravante, un petit côté *made in USA*. Du McDo'psy en quelque sorte.

La décision de consulter t'était dictée par le désir de vider ton sac. Tu ne songeais pas pour autant à cesser de boire. Tu te rendais dans cet immeuble deux fois par semaine, après une journée de travail harassante et un itinéraire en voiture périlleux (à cause des trois bières ou plus que tu avais ingurgitées en sortant du travail). Tu parvenais à garer ta voiture dans ce quartier où il fallait tourner dix fois avant de trouver une place licite, non sans avoir souvent embouti ton pare-chocs, sous l'effet des bières. Tu entrais dans ce bel immeuble à la porte astiquée où une concierge portugaise se signalait par un brise-bise de dentelle d'un blanc impeccable. Tu appelais, et attendais longtemps, l'ascenseur Roux et Combaluzier aux parois de fer forgé, garni, au sol, d'un épais tapis pourpre. Tu appuyais sur le 5. De là, tu montais à pied au sixième, l'étage des chambres de bonnes, et tu sonnais.

Après un instant qui avait tout du calculé – comme s'il tenait à souligner la solennité du rendez-vous – le psy t'ouvrait la porte d'un air compassé. Ses yeux fixaient un point sur le mur du couloir derrière toi, comme si une tache avait retenu brièvement son attention (exactement comme ton ex-mari laissait errer son regard quand tu dévalais l'escalier de ta maison sous l'effet de l'ivresse et du ressentiment). Il te montrait d'un geste à la fois las et emphatique la salle d'attente (autrement dit, la première chambre de bonne) et il allait rejoindre son bureau, te laissant seule dans la petite pièce. Tu foulais un tapis ancien (ou une copie) et tu prenais place sur un vieux canapé couvert de velours vert sapin fatigué qui côtoyait, dans un désordre qui se voulait bohème, des chaises pliantes en métal, une bibliothèque exhibant les *Annales de psychanalyse* et une table basse bon marché.

Sur le côté gauche, en regardant la fenêtre, se dessinait le contour d'une porte capitonnée. Un murmure imperceptible s'échappait de cette chambre des secrets. Un léger remue-ménage signalait le départ du client précédent, lequel sortait par une autre porte, pour respecter le sacro-saint principe selon lequel deux patients ne doivent jamais se rencontrer.

Tu attendais donc que l'épaisse porte s'ouvre, l'esprit vide. Tu essayais de te concentrer, de te dire que tu étais venue pour exprimer ton mal et, d'une certaine façon, t'en délivrer. Ton cerveau était aussi actif qu'une calebasse. Tu éprouvais le sentiment étrange de ne plus savoir du tout la raison de ta venue. Il te semblait alors qu'il n'y avait aucun rapport entre l'ingestion d'alcool (déjà commencée avec la bière) et ta présence en ce lieu. L'alcool contribue très vite à tétaniser la pensée ou à la transformer en une bouillie incohérente. La petite euphorie engendrée par trois bières dissipe toute envie de s'arrêter en si bon chemin et incite aux propos provocants.

Au bout de quelques minutes, le psychiatre t'invitait à entrer. L'homme, vêtu d'un costume sombre et d'un polo le plus souvent pastel, avait un bronzage inamovible, un visage altier et un accent pied-noir difficile à discipliner. Il portait des mocassins plein cuir, avec des espèces de petits pompons sur le dessus qui – allez savoir pourquoi – t'irritaient beaucoup.

Tu t'asseyais. Tu devais attendre un instant que l'homme achève quelques rangements dans un vaste secrétaire Empire et s'installe dans un fauteuil de cuir noir pivotant, les pieds dans ses confortables chaussures posés nonchalamment au sol. Tu cherchais quelque inspiration dans les arabesques du tapis. Comme c'était un entretien en face à face, tu ne gagnais pas le divan (en fait une sorte de chaise longue, posée à l'angle gauche du cabinet, couverte d'une grosse couverture pourpre). Tu te tenais dans un fauteuil rose passé, vestige d'un salon mis au rancart, de l'autre côté du bureau. L'expression « face à face » qui désigne une méthode thérapeutique était, en l'espèce, inappropriée dans son sens littéral. Car le séduisant séfarade faisait prestement pivoter son fauteuil et te présentait un quart de profil insondable encadré par d'élégantes boucles grises. Il disait : « Commençons. »

Tu fixais sans aménité les pompons des mocassins, puis, dans un effort presque musculaire, comme si tu devais porter une lourde charge, tu commençais à parler. Une fois le mouvement d'ouvrir la bouche accompli, tu parlais aisément, à ton propre étonnement, le plus souvent en déblatérant sur un détail anodin (« Que non, que non », semblait pronostiquer le profil) qui te conduisait, via un chemin verbal peu tortueux, à ton dernier verre de bière, ta bouteille de vin aussitôt débouchée, aussitôt bue, le whisky descendu en douce chez tante Marie et remplacé par de l'eau (ce qui faisait dire à la vigilante octogénaire que cette marque n'était « pas du pur malt de vingt ans d'âge »). Tu répétais à chaque séance que ta cave à vins était vide, sitôt remplie. Comme si c'était un record qu'il fallait à tout prix défendre !

Le thérapeute mettait alors le peu que tu voyais de ses sourcils en accent circonflexe. Le menton dans la main, il proférait « hum,

hum ». Tu continuais à décrire tes avanies alcooliques, ce qui lui tirait un nouveau « hum, hum ». Après une demi-heure de ce jeu, il se levait et proclamait la séance terminée puis tendait une main molle, où il était convenu que tu déposes cinq cents francs en liquide (il fallait absolument du *liquide*, c'était à propos après cette conversation). Tu déposais les billets froissés sur sa paume ouverte qu'il fermait avant d'engloutir la somme dans un tiroir du secrétaire Empire. Parfois, il lui fallait bourrer un peu, car les espèces dépassaient et empêchaient la fermeture du tiroir.

En lui donnant cet argent, tu avais la nette impression que tu achetais la permission de continuer à boire et que cela pouvait continuer ainsi *ad libitum*.

J'ignore si ce praticien était compétent. Je n'ai pas de raison de suspecter le contraire. Malgré l'effort que je faisais en venant chez lui, et en dépit de l'argent que me coûtait cette « cure », je ne voulais pas bouger d'un pouce, ce qu'il ne me laissait jamais entendre, même à demi-mot. Une souche eût été plus réactive. Il devait attendre que je modifie mon comportement de moi-même. Mais vu l'absence totale d'empathie et même l'aversion que j'éprouvais à son égard, je pense aujourd'hui que j'aurais été bien inspirée de chercher plus vite un autre thérapeute.

Quelquefois, à un passage de ta litanie alcoolique, il répétait l'un de tes mots en écho. Si tu disais « psychologie de comptoir », il répétait « comptoir ». Si tu employais l'expression populaire « téter le goulot », il interrogeait : « Téter ? »

Une fois ces indices livrés, il faisait pivoter son fauteuil, se levait avec son immuable expression d'ennui et disait : « Réfléchissez-y », puis : « À la prochaine fois », ce qui signifiait qu'il était temps d'emprunter la seconde porte capitonnée du bureau, celle qui t'isolait du patient suivant. Il te serrait la main, ouvrait ladite porte qui donnait sur un minuscule couloir, puis il t'escortait dans l'entrée et tu te retrouvais sur l'étroit palier de l'étage domestique. Tu avais la vague impression, comme un paysan matois qui dit « oui, oui » au docteur en se promettant bien de ne pas suivre sa prescription, que c'est toi qui l'avais roulé. C'était presque drôle ! Tu descendais alors la volée de marches menant au cinquième. Tu appuyais sur le bouton du vieil ascenseur, tu ouvrais les battants de fer forgé, tu entrais. Tu refermais en prenant soin de ne pas te pincer les doigts, tu pressais sur « rez-de-chaussée ». Pendant la descente, tu faisais pipi sur le tapis de l'ascenseur.

5

Profanation

Tu lisais parfois ou tu entendais dire que si les alcooliques boivent en cachette, c'est parce qu'ils ont honte. Peut-être, en effet, certains de tes congénères éprouvent-ils ce sentiment. À toi, il semblait incongru. Non, tu n'avais pas honte. Tu aurais éprouvé ce sentiment si tu avais commis un acte répréhensible à tes yeux, comme tromper la bonne foi d'un ami, n'avoir pas respecté un engagement financier ou une promesse. Pour l'alcool, tu ne te sentais pas honteuse. Cet adjectif glissait sur toi comme de l'huile sur une toile cirée.

Tu buvais pour transgresser un interdit qui n'était pas jeté sur l'alcool lui-même, sinon symboliquement. Tu buvais pour protester contre toutes les interdictions qui t'avaient été opposées dans le passé et que tu n'avais pas osé braver. Boire était une revanche contre une enfance soumise. Et cette revanche était indissociable du fait de se cacher, comme le fait un enfant lorsqu'il accomplit un acte défendu. Il va alors au fond du jardin. Dans sa cabane. Dans sa chambre fermée à clé. Ou dans une cave. C'est à l'abri des regards que l'on torture l'oiseau, que l'on cloue une souris sur une planchette, que l'on démantibule sa poupée.

Cela n'a rien à voir avec les actions qui suscitent la honte, comme de mentir ou de tricher en classe. C'est plutôt un acte cruel ou obscène, sadique, pervers parfois. Si tu te cachais pour boire, ce n'est pas parce que tu te sentais coupable d'un acte illicite. C'était le choix délibéré de te livrer à un rite de profanation. Il s'agissait d'exprimer en secret un sentiment de révolte si indicible qu'il ne pouvait trouver d'exutoire ni dans la révolte sociale, ni dans la dilapidation de tes biens, ni dans des prises de risque inconsidérées, ni dans le bluff professionnel, ni même dans le laisser-aller quotidien.

Bien au contraire, il était nécessaire de te comporter civilement, de bien élever tes enfants, de payer tes impôts, de dépenser ton argent avec discernement, de ne pas te mettre en danger, d'avoir un engagement social compatible avec les règles de la vie commune. C'était impératif, car c'était la porte ouverte à l'« autre chose », celle qui requiert une cachette. Tu jouais double jeu.

Lorsque tu portais à tes lèvres le goulot de la bouteille, dans la cuisine à la porte close, dans la cave entrouverte, dans la rue, le soir, ou à la campagne, en juillet au milieu d'un champ de blé, tu défiais les bienséances et même l'innocence. Tu souhaitais fouler la pureté aux pieds, tu voulais te faire du mal et jeter un sort à tous ceux qui t'en avaient fait. Tu étais une justicière, que dis-je, une Érynie !

Plus tu buvais, plus tu délirais et plus ton imagination s'échauffait. Au propre ou au figuré, tu piétinais les coquelicots que tu aimes tant, tu griffais le visage de ceux qui t'avaient méprisée, tu les insultais, tu proférais des malédictions et tu leur lançais les mots les plus orduriers. Tu ressassais ton enfance soumise, tes secrets de jeune fille violés par ton entourage, la sévérité et l'oppression familiales, tout ce qui composait alors la bonne éducation. Tu pensais avoir dépassé ces humeurs en devenant épouse et mère. Elles resurgissaient avec une force décuplée. Tu étais étonnée, la lucidité revenue, de cette vague de fureur si décalée par rapport à ton âge, ton rôle social, ta culture.

Il a fallu la mort de ton enfant et tout ce qui a suivi en fait de difficultés quotidiennes pour oser protester à voix haute contre ces souvenirs enfouis. C'était une régression à la fois obstinée et surprenante. Tu te plongeais dans l'univers des colères enfantines, des petites filles qui tapent du pied en secouant leurs cheveux et en hurlant, des fillettes butées qui s'assoient au milieu de la chaussée et déclarent qu'elles ne se relèveront pas. C'était comme un caprice, toi qui n'en avais jamais fait enfant. « Vous ne voulez pas que je boive, monsieur le psychologue, monsieur l'alcoologue, messieurs les moralistes de tout poil ? Eh bien je boirai, et autant que j'en ai envie, tra la lère. » Voilà le ridicule défi où tu t'enfermais, le flot de paroles et de boissons par lequel tu t'enivrais.

Et un verre pour la salade qu'il faut plier et non couper, un verre pour le magasin de bonbons et réglisses où il est interdit de se rendre au sortir de l'école, un verre pour les blue-jeans qu'il ne faut pas porter car « ils donnent mauvais genre », un verre pour la robe de mousseline rose que tu fus contrainte de porter à ta première surprise-party sous les moqueries des autres invités. Un verre pour le scooter que tu es « trop jeune » pour conduire, pour l'accent du Midi qui fait « peuple ». Une bonne rasade pour les pilules contraceptives qui sont un péché mortel, les garçons avec qui il ne faut pas coucher avant le mariage, les études qu'il ne faut pas faire car elles ne donnent pas accès à un métier « de femme ». Et la litanie s'allonge, tu la psalmodies, assise sur la cuvette des WC ou dans un recoin de la cuisine.

Peu à peu, ta rage s'apaisait. L'alcool avait raison de ta colère. Mécanisée, tu montais te coucher comme un pantin articulé. C'est ainsi que tu t'endormais. Avec le sommeil qui, par une grâce inouïe, était toujours exempt de cauchemars, tranquille et réparateur, ton ressentiment s'évanouissait. Le matin t'offrait sa douce odeur, ses bruits innocents, ses promesses captivantes, ses tâches bien précises à accomplir. Tu te levais, joyeuse, tu balayais au fond de ta mémoire la cuite de la veille, tu étais de nouveau belle, courageuse, rieuse et affectueuse.

Il te semblait, en t'étirant dans tes draps, que tu avais le corps menu d'un nouveau-né, sa peau plissée, touchante et ridicule car il paraît porter un costume trop grand pour lui, l'air de vieux bonze sage que lui donnent ses yeux bridés et sans cils, grands ouverts sur l'inconnu.

6

Un ami qui te veut du bien

Quelques années après ton divorce, alors que tu avais repris une vie normale, à cela près que tu buvais chaque soir en revenant du travail, tu fis la connaissance de Simon. Il avait vingt-neuf ans. Toi, quarante-cinq. C'était un grand jeune homme brun à la barbe fournie. Un garçon d'origine italienne, que tu trouvas séduisant. La liaison était heureuse, sinon très amoureuse. Simon t'emmenait au concert, au cinéma. Il aimait la campagne, les jardins. Il t'amusait car il avait peu d'instruction. Son bagage consistait en un CAP de libraire. Il vendait des livres dans une galerie marchande. Il était affecté d'une dyslexie prononcée, cause d'une fâcherie obstinée avec l'orthographe qui contrastait avec la culture due à la lecture de certains des livres qu'il vendait. Le cocktail était détonnant. Simon te faisait rire.

Au début, il ne s'aperçut pas que tu buvais. Tu le lui cachais, à lui comme aux autres. Tu es plutôt exubérante et il ne voyait pas, je pense, la différence entre les moments où tu avais bu et ceux où tu étais sobre. Ce n'était pas facile à détecter, compte tenu de tes multiples tactiques. Vos rencontres avaient lieu un week-end sur deux, celui où tes enfants étaient avec leur père (tu ne voulais pas laisser tes enfants seuls, ni faire venir Simon à la maison où la vie était déjà assez compliquée sans ça). Ce rythme lui convenait car, l'autre dimanche, il rendait visite à sa famille.

Peu à peu, il s'étonna de voir que les bouteilles se vidaient rapidement à ton contact, que tu l'abordais en ayant l'air un peu « partie » et il remarqua mille petits détails qu'un amant finit par découvrir. Ton appréciation de vos relations intimes était largement influencée par la quantité d'alcool que tu avais ingurgitée, avant votre rencontre, puis pendant. Tu te rendais compte que boire stimulait ton désir et souvent ton plaisir, mais jusqu'à un certain point, au-delà duquel tout se passait dans un flou blanchâtre d'où n'émergeaient que quelques souvenirs.

En y pensant aujourd'hui, c'est peut-être grâce au sexe, si l'on peut dire, que tu te demandas pour la première fois si tu ne devais pas moins boire. Tu fis, confusément, une sorte de balance « coûts, avantages » en défaveur de l'ivresse. Faire l'amour en ayant trop bu, ce n'est pas érotique pour un sou.

Simon s'étonnait de plus en plus de certaines sautes d'humeur, de disputes soudaines qui contrastaient avec ton caractère d'ordinaire assez égal. Comme il manifestait sa perplexité, sinon son malaise, tu finis par lui en avouer la cause. Il était le premier (en sus du psychiatre) à qui tu te confiais. Tu minimisais, certes. Mais Simon ne manquait pas de flair. Il eut tôt fait de prendre la mesure de tes écarts de boisson.

Du coup, ce brave garçon qui t'aimait (ou, en tout cas, te chérissait tendrement) se mit en tête de te guérir. Erreur fatale ! N'essayez jamais de guérir un alcoolique contre son gré, même en employant la méthode douce. Il usera de tous les subterfuges.

Simon surveillait en douce ta consommation. Au café, il t'offrait l'apéritif en prenant soin de quitter l'établissement avant que tu n'en commandes un autre. Il te conseillait les cocktails de jus de fruit en été, le chocolat chaud en hiver. Il t'orientait vers les salons de thé et les bars sans alcool.

Il avait une prédilection pour le décor tropical de la chaîne Le Paradis du Fruit. Tu étais gavée de jus de mangue, de papaye, d'ananas. Vous faisiez la queue chez Berthillon, le célèbre glacier de l'île Saint-Louis où tu ingurgitais des sorbets exquis après trois quarts d'heure d'attente à bouillir d'exaspération.

Tu trichais en diable. Tu t'esquivais de la terrasse du café où trônait un banana split pour « aller aux toilettes » et tu filais au comptoir, dissimulée par un consommateur un peu corpulent, boire un demi. Tu quittais la file de Berthillon pour aller jeter un œil à une boutique de bijoux dont une amie t'avait parlé et tu entrais subrepticement dans un bistrot te faire servir un double whisky sec que tu aspirais d'un trait, suivi d'un verre d'eau pour te rincer la bouche. Tu le recevais à la maison en lui proposant un Schweppes, après avoir éclusé une bouteille de champagne (bien cachée, la bouteille vide).

Ce qu'il y a d'exaspérant dans ces bonnes intentions, c'est qu'elles tournent, que leur auteur le veuille ou non, à la surveillance. Tu te sens jaugée (au sens strict : mesure de ta consommation), et même si l'ami bien intentionné te veut du bien, tu penses qu'il te veut du mal. Le ressentiment, l'aigreur, le défi sont très vite la réponse à ces manœuvres naïves.

Tu as connu d'autres amis, adeptes de la méthode douce, façon Simon, qui ont tous échoué. Tu as aussi été confrontée à des manières plus musclées de « te faire passer ça ». Un oncle, chez qui tu te rendais souvent en vacances, avait constaté la baisse alarmante du niveau de vin dans le Vieux Papes quotidien. Il s'est mis en tête de marquer ce niveau avec un stylo. Gaffe monumentale ! Il a entrepris d'enfermer à clé ses alcools dans son armoire. Il absorbait en effet deux apéros par jour, un demi-litre de vin et une petite mirabelle le soir, sans se sentir le moins du monde alcoolique.

Ta mère buvait parfois un verre de porto avant de passer à table. Quand elle se rendit compte, à son tour, qu'il fallait racheter des bouteilles plus souvent que d'ordinaire, elle attendit que tu sois dans une autre pièce de la maison pour prendre ce qu'elle nommait son « remontant » de la mi-journée. Ta mère, comme beaucoup de personnes de sa génération, désignait souvent l'alcool comme un médicament. Elle buvait de la Chartreuse verte, version médicinale, pour la digestion. Elle vantait la vertu vasodilatatrice du whisky. Quand tu te vis découverte, tu laissas les bouteilles de tes proches en paix et tu en achetas, que tu cachais.

Les tentatives des rares amis mis au courant par l'évidence des faits furent aussi vaines. Certains prétendaient qu'ils n'avaient pas le temps de prendre l'apéro, ce qui t'était égal puisque tu avais bu avant de venir. D'autres te servaient un demi-verre, en scrutant ton visage comme si tu étais une bombe vivante, avec le même insuccès. La plupart ont eu assez d'intelligence pour te proposer à boire normalement et c'est alors que tu buvais le moins.

Simon, quant à lui, eut fort à faire. Outre le mal que lui donnaient ses ruses de Sioux, il était lui-même attiré par l'alcool. Tu le comprenais rien qu'à voir comment il descendait son Cinzano ou son pastis ! Il buvait pas mal, de son côté, mais n'a jamais été aussi dépendant que toi. Encore heureux, car Simon n'avait pas la vie drôle, dans sa galerie marchande éclairée à la lumière artificielle, entre ses clients pressés, sa caissière tyrannique et ses vendeuses exténuées.

Tu as quitté Simon après dix ans de liaison. Usure. Il avait grossi. Vers cinquante ans, tu tournais rombière. Lui, à quarante, avait perdu sa séduction latine. Il se boursouflait à force de manger des sandwiches ou des tartes à la Brioche Dorée. Il dépérissait dans la lumière glauque de la boutique. Il s'épuisait à résister aux mille tracas de la petite vie de vendeur. Il rêvait de devenir représentant. Devenir VRP était son Graal. Tu trouvais la chose minable. Tu le houspillais. Tu ne faisais plus d'efforts pour le séduire. Ni lui, pour te guérir. Tu finis par écrire une lettre de rupture qui dut le soulager.

À y repenser, ses efforts ne furent pas inutiles. Il s'était occupé de toi. Il était désintéressé. Il t'avait amenée à exprimer ton malaise, à sortir du déni. Aujourd'hui, Simon est un crack de la vente en gros de cartes de vœux et d'emballages de Noël. C'est l'un de tes meilleurs amis.

7

Roulé-boulé

Des plaies et des bosses, tu en as eu tellement que tu ne peux les compter. C'est simple, chaque fois que ton ex-mari venait chercher les enfants pour le week-end (le « Un week-end sur deux » du jugement de divorce), tu te présentais en haut de l'escalier, ivre. Tu descendais trois marches, tu trébuchais et tu finissais la descente en effectuant un triple ou quadruple roulé-boulé qui te propulsait en bas, les yeux au ras de l'ourlet de son pantalon. Il restait raide, sanglé dans un manteau de cuir noir que tu lui avais offert et qui lui donnait une tournure militaire. Il n'esquissait pas un geste lorsque tu te relevais péniblement, les hanches et les côtes endolories, prélude à des hématomes géants ou à quelque méga-bosse. Il te regardait dévaler l'escalier et effectuer ton salto avant avec les yeux plus vides que si tu avais été invisible.

Tu étais transparente à ses yeux. Il ne voulait rien voir. Un jour que les enfants lui avaient déclaré que tu buvais (ils te l'ont raconté bien plus tard), il avait levé les yeux d'un air étonné en disant qu'il n'avait rien remarqué et que de toute façon « tu t'y entendais pour jouer les victimes ». Alors que tu dévalais l'escalier avec fracas, ses yeux regardaient le mur à travers toi. Plus les chutes étaient spectaculaires et brutales, plus son regard restait indifférent et comme distrait. Il ne disait rien. Il ne faisait aucune remarque lorsque tu te relevais. Il attendait que les enfants se présentent avec leurs sacs à dos, puis il disait « au revoir » et il prenait la porte. Même chose au retour, où tu avais une tendance marquée à prendre l'escalier de chêne pour un toboggan. Tu avais tellement l'habitude de ces chutes qu'il t'arrivait de tomber sans avoir rien bu.

Le souvenir du moment où il t'avait cogné la tête sur l'escalier, violemment et à plusieurs reprises, le soir où il t'avait quittée, inspirait sans doute cette attitude. Tu voulais qu'il te cogne à nouveau, ça aurait au moins voulu dire qu'il tenait encore à toi. Son absence de violence, de compassion, ou de simple agacement, cette impassibilité quasi militaire, soulignée par le manteau de cuir noir, signifiaient la fin irrémédiable de toute communication entre vous. Malgré l'évidence de ton échec, tu recommenças semaine après semaine jusqu'à ce que tu finisses par capituler.

Il s'ensuivit une frénésie d'automutilation. L'escalier ayant cessé, faute de combattant, de jouer son office, tu déportas ta violence sur divers objets et lieux, en un chatoyant festival de plaies, de bosses, d'yeux au beurre noir, d'entorses, de chutes, de gnons, de bleus, d'égratignures, de plaies et de lacérations. Tu te faisais mal en permanence, tu voulais que ces chocs fassent resurgir par magie le monde d'avant, du bébé plein de santé que tu avais perdu, des enfants joyeux, du mari confiant. Tu enrageais, parce que cela ne donnait rien. Autant réciter des *Ave Maria* ! Le whisky brûlant coulait dans ton sang, la pièce tournait, les meubles se dédoublaient, les pieds de table te heurtaient, les étagères te frappaient au coin de la tête, les tapis glissaient sous tes pieds, les chaises se dérobaient sous toi, ton corps rebondissait sur le carrelage, heurtait l'évier, ta tête rebondissait sur le bord de la baignoire. Mais rien ne se produisait, c'était le même silence, le même vide sidéral, tout ce boucan ne comblait rien, tout cet alcool te laissait vide, jusqu'à ce que tu tombes de sommeil, ivre morte, sur ton lit. Et tu dormais en ronflant fort, comme le font les ivrognes.

Un jour, tu es montée sur un petit tabouret pour prendre un plat sur une étagère du placard de la cuisine. Tu as tout fait débarouler, tu es tombée à la renverse avec les boîtes de conserve, les moules à gâteau, la farine et le riz. La bouteille d'huile s'est renversée. Tu pataugeais dans cette bouillie. Les enfants étaient à l'école. Tu as tout rangé. Tu te vois encore avec la serpillière, le grand sac-poubelle. Tu as changé tes vêtements graisseux. Tu as désinfecté tes plaies, mais ton œil était bien amoché, bien bleu. Le lendemain matin, il était noir. Au travail, tu as dit à tes élèves que tu étais tombée en essayant de prendre des bocaux de confiture au sommet d'une armoire. À la fin de l'année, ils se sont cotisés pour t'offrir des confitures de luxe, très rares et très bonnes.

Une fois, tu t'es fait si mal que tout ton côté gauche depuis les côtes jusqu'à la fesse comprise n'était qu'un gigantesque hématome bleu violacé. Mais tu as voulu aller à la piscine et au sauna comme ça. C'était au hammam de la mosquée de Paris. Tout le monde te regardait et tu faisais comme si de rien n'était. Tu buvais du thé à la menthe sur le matelas de repos, après avoir bien transpiré. Tu avais emmené ta fille qui te suppliait de te couvrir, mais toi, tu riais et tu refusais de t'envelopper dans une serviette. Tu disais : « On a bien le droit de tomber, non ? »

Un jour, tu as détruit le lit conjugal. Tu t'es jetée si violemment sur ce lit à barreaux en métal, que tu avais déjà ébranlé en d'autres occasions plus amusantes, que le lit s'est écroulé. Le lit, ses barreaux de métal bleu reliés par de petits joints de cuivre à des barres de soutènement métalliques, s'est affaissé sous toi d'un seul coup. Les barreaux sont sortis de leur barre portante, ils sont tombés comme les pièces d'un gros mikado. Plusieurs joints se sont éparpillés en faisant gling, gling. Le sommier, qui n'était plus soutenu, s'est effondré sur le sol et le matelas avec. Tu gisais dans ce capharnaüm. Tu t'es endormie au milieu. Le lendemain, tu as mis à la cave toutes les grosses pièces métalliques et tu les as jetées deux semaines plus tard. Tu as gardé les barreaux longs comme les fausses épées qu'on achète aux enfants pour jouer car ta fille disait qu'elle en trouverait l'usage. Mais deux mois plus tard, tu les as jetés eux aussi. Tu n'as gardé que quelques joints. Avec eux, ta fille a fabriqué une sorte de mobile, en les reliant avec du fil. Ça fait gling, gling quand le vent entre par la fenêtre. C'est tout ce qui reste de ton lit. Cet objet orne maintenant l'appartement qu'elle partage en colocation avec deux copines.

Comme l'a constaté sobrement un ami, ivrogne invétéré et amant occasionnel, qui, pour ces raisons, a fréquenté ce lit sous les deux espèces, « c'est un mal pour un bien ». Il a fait remarquer que désormais ta chambre a un petit côté zen avec son sommier posé au sol. Il a ajouté aussi que, comme ça, tu ne pouvais pas tomber plus bas.

8

Tu ne bois plus en suisse

Terminé. Fini.

Tu ne bois plus en suisse.

Si tu dis ça, c'est parce que, l'autre jour, ta femme de ménage t'a surprise un verre de rouge à la main. Elle et toi, c'est comme dans le théâtre classique, la maîtresse et sa suivante. Donc, toute domestique qu'elle soit, cette Zerbinette ou Rosine du XXIe siècle – de son vrai prénom Custodia – possède un franc-parler étonnant, qui lui vaut de bonnes étrennes à Noël. Elle s'exprime dans un franco-portugais bourré d'inversions de syllabes et d'incorrections. Custodia n'aimait pas l'école. À dix-huit ans, elle est allée travailler dans une usine de tricot, mais elle était trop fantasque pour se comporter avec la docilité requise. Ses parents n'ont guère su l'aider. Ils n'ont jamais appris le français, en un refus inconscient, mais inexorable de s'approprier la langue de leur deuxième patrie. En dépit de ses monumentales erreurs de vocabulaire et de syntaxe, Custodia s'exprime de façon pénétrante et fait mouche à tout coup.

« Madame, dit-elle d'un ton accusateur, mesuré cependant (une patronne reste une patronne), excusez-moi d'écraser le morceau, mais il me semble que vous buvez en suisse. » Et toi de fondre en larmes, en t'écroulant sur ton sofa (tout en te demandant comment diantre cette Portugaise qui commet des erreurs de langage à faire grincer des dents connaît un idiotisme aussi raffiné que « boire en suisse ») :

– Oui, Custodia, c'est ainsi. Je ne peux m'en empêcher.

Tu ajoutes, pour qu'elle saisisse mieux :

– Vous savez, depuis que j'ai perdu le petit et que mon mari est parti, je ne suis plus la même.

Custodia sait. Elle connaît tous les détours de l'âme humaine. N'a-t-elle pas été victime d'un père violent, puis d'un mari qui ne s'est montré sous un jour favorable que le temps des fiançailles, pour mieux paresser, picoler et la battre ensuite, si bien qu'elle a demandé le divorce ? Divorcer, ce n'est pas une mince affaire quand on s'est marié au Portugal. Il faut que le prêtre soit d'accord.

De cette expérience réciproque des tracas de l'existence naît un échange nourri entre la patronne en larmes et sa domestique, très attachée aux valeurs qui fondent notre civilisation, vu qu'elle fréquente la paroisse portugaise de Paris.

Déjà que pour un homme, ce n'est pas bien de boire, estime Custodia (disons qu'un homme peut s'enivrer de temps à autre, par exemple pour les mariages, les communions et les enterrements), pour une femme, c'est carrément inimaginable ! Qui alors va tenir la maison et défendre la dignité familiale ? Custodia exprime tout cela en son vocabulaire : « Mon avis est-ce que vous ne devriez pas picouler ainsi. C'est pas esconvenable pour une femme comme vous. Et ça vous rendra pas votre bébé. Pensez à vos fils qui sont très désépointés de vous voir comme ça. Vous savez, moi aussi j'en ai connu des malheurs. J'ai dû faire toutes les marches de mon divorce. Mais je touche pas au vin, sauf oun peu de porto de temps en temps. »

« Je devrais avoir honte », te dis-tu, à l'issue de cette longue conversation (qui a permis à Custodia de faire une heure de ménage sur les deux prévues).

Voici une brave fille analphabète qui sait garder sa dignité, alors que toi, diplômée bac + 6, tu te vautres dans l'alcool, sous prétexte que tu as perdu un bébé et que tu es divorcée. « Ce sont les gens du peuple qui détiennent la sagesse », te dis-tu. Donc, tu ne boiras plus en suisse.

Tu restes quand même sur ton soupçon : d'où vient que ta Rosine lusitanienne connaît cette expression ? Et si quelqu'un lui avait soufflé son conseil ? Un de tes amis ? Ton ex-mari (elle a du respect pour lui parce qu'il a passé son enfance au Brésil et parle très bien portugais) ? Un de tes enfants ?

Nouvel entretien, la semaine suivante. Réponse de Zerbinette, alias Custodia :

– Ah, madame, j'en connais des choses. Certes, je ne porte pas le tailleur, mais je suis intelligente. Alors, voyez-vous, quand ma patronne de la rue du Dauphin m'a dit que son mari, le concilier d'État, « buvait en suisse », j'ai tout de suite compris ce que ça veut dire, vu que je trouve son cognac derrière les livres de sa bibliothèque lorsque je passe lou Pliz.

Être comparée à un conseiller d'État, forcément un bourgeois hypocrite et plein aux as, t'a mis l'esprit au clair. Tu as pris aussitôt la ferme résolution de ne plus boire en suisse.

Le Nouvel An était juste passé, c'était le moment des bonnes résolutions. Un jour de fin janvier, tu as résolument poussé la porte d'un marchand de vaisselle et cristaux de la rue de Paradis à Paris. Après avoir observé les vitrines, inspecté une première boutique miroitante au terme d'un entretien instructif sur la cherté de la vie, et en avoir exploré une bonne douzaine d'autres, tu as enfin découvert un service en cristal de Bohême qui pouvait passer pour un Daum. Une carafe au bouchon taillé huit facettes et six verres bien lourds. L'idéal, pour un prix moyen. Ne ratons pas l'occasion !

Et de faire un chèque en bois (comme toutes les fins de mois) et de rapporter le précieux paquet tout emmitouflé de papier de soie, et de le déballer avec précaution, et de l'exposer ostensiblement dans une vitrine jusqu'ici réservée à quelques objets de brocante. Puis, de te rendre au magasin Nicolas, d'acheter le meilleur whisky (toujours avec un chèque en bois), de verser la liqueur torride dans la carafe et d'observer ses reflets jaunes à travers la paroi cristalline.

Consigne : ne boire que lorsque des invités se présentent ou les jours de fête. Une heure plus tard : ne boire que lorsque les enfants seront rentrés de l'école, cérémonieusement, un fond de verre. Deux heures plus tard : ne boire qu'un fond de verre en attendant les enfants, puis, à leur arrivée, la moitié d'un verre, cérémonieusement, en leur disant : « Maman prend un petit apéritif. » Le lendemain : boire un verre bien tassé avant le retour des enfants de l'école, puis, à leur arrivée, un fond de verre en disant : « Maman s'offre un petit apéritif. » De là, boire un bon verre avant l'arrivée des enfants de l'école, un second en vitesse quand ils sonnent à la porte d'entrée, aller vite se laver les dents pendant qu'ils enlèvent leur cartable, pour, dix minutes après, leur dire (en vacillant un peu) : « Maman prend un petit apéritif » puis préparer le repas et s'envoyer un autre grand verre avant de lancer d'une voix pâteuse : « À table, les enfants ! » Et de là, boire deux autres grands verres avant la venue des enfants, un fond de verre peu après leur arrivée en disant : « Maman prend un petit apéritif », puis préparer le repas en engloutissant le fond de la bouteille. Lancer alors en direction des enfants qui font leurs devoirs dans leur chambre : « Je vais chercher du pain (ou du sel, ou de la moutarde). » Sortir en vitesse jusqu'à l'épicerie voisine, acheter un mauvais whisky, plus du sel (ou de la moutarde), revenir en courant à la maison, vider le mauvais whisky dans la belle carafe qui étincelle, et tout en titubant et d'une voix pâteuse lancer : « À table ! »

Les enfants commentent sobrement : « Maman est bourrée, comme d'habitude. »

9

Un détective au salon

« *Tota mulier in utero* », disaient les Anciens. Pour toi, toute maison se concentrait en son buffet. Le buffet aux alcools, s'entend (ici, les lacaniens peuvent pouffer s'ils le souhaitent).

Ainsi, cette fin de matinée de juillet. Tu as oublié l'année. Tu te rends dans la maison de campagne d'une amie, Jacqueline, une collègue depuis plus de vingt ans. Avec elle, tu as connu les conciliabules de couloir, les luttes syndicales picrocholines, les haches de guerre brandies entre voisins de bureau, les bisous menteurs, les baisers sincères, les fous rires, les amis généreux, les confrères mesquins : de quoi forger une amitié.

Elle ne sait pas que tu bois. L'une de tes meilleures amies ignore que tu es alcoolique. Elle te considère comme une bonne vivante. Pas plus.

Dès l'accueil, dans cette bergerie retapée qui sent le frais et le salpêtre, tout n'est qu'un tourbillon de gaieté.

– Bonjour, ma belle. Toujours aussi jeune, celle-là ! Viens voir ta chambre, prends ta valise, je t'accompagne.

– Je sors mes bagages et j'arrive.

Tu prends un léger retard sur ton amie. Précieux instants qui te permettent de scruter la cuisine et le salon avant de descendre l'escalier qui conduit aux chambres voûtées, ci-devant demeure des brebis.

– Installe-toi tranquillement. La salle de bains est en haut. Je remonte aider Pierre à sortir les courses.

Pierre est le mari de ton amie. C'est un physicien à la tête auréolée de cheveux blancs et à la longue barbe poivre et sel, du genre tombé de la lune.

Tu suis à la lettre le conseil. Tu prends ton temps. Le temps de ranger tes affaires, mais aussi de te rendre en catimini, via une petite porte au bas de la maison, inspecter toutes les dépendances, afin de voir s'il ne s'y trouve pas un vieux placard contenant des réserves d'alcool. Bredouille. Tu en déduis que le périmètre utile à ton enquête se limite à la cuisine et à la salle de séjour, surmontée d'une mezzanine. Lorsque tu remontes de ta chambre, cuisine et salle à manger sont vides. Tes amis sortent les achats de leur voiture.

Rapide calcul : ils font le va-et-vient, les bras chargés. Une fouille en règle de la maison n'est pas opportune. Tu te contentes donc d'escalader l'escalier de la mezzanine. Pierre entre à ce moment. Règle fondamentale : ne jamais paraître surpris. Tu lui dis donc de ta voix la plus posée :

– Je visite. C'est drôlement astucieux cette mezzanine, car elle ne coupe pas du tout la lumière.

Pierre est d'accord. Il te raconte comment il a trouvé « un menuisier épatant, un voisin, qui travaille à la perfection pour des prix très corrects ».

Étape suivante. Tu fais un voyage de leur voiture à la cuisine, histoire de donner un coup de main. Tu constates que le coffre est très plein. Ils en ont pour encore cinq minutes au moins. C'est le moment d'aller aux toilettes.

Méthode : entrer dans les WC et faire mine de les fermer en tournant le verrou bien fort, clac. Sortir sans bruit. Visiter la pièce en marchant à pas de loup. Identifier les lieux possibles. Ici, un buffet de grand-mère, un coffre en bois, un plus petit coffre en vannerie. Entrebâiller et refermer doucement portes et couvercles. Dans le buffet, des livres, des archives, des cartes IGN. Dans le coffre, du petit bois pour la cheminée. Dans la vannerie, du tricot. Tu as fait chou blanc. Il ne te reste qu'à rentrer dans le WC, à tirer bruyamment la chasse, à te laver les mains et à rejoindre tes amis.

Par une déduction digne de Colombo, la recherche se concentre sur la cuisine, lieu de tous les dangers, car tout le monde a mille raisons d'aller et venir.

Jacqueline annonce qu'elle a invité des voisins pour prendre le pastis. Ils arrivent. Le menuisier adroit, la chevrière avec son pliant, un couple d'éleveurs néoruraux depuis si longtemps que le « néo » est de trop, le maire qui est aussi maçon et d'autres. Des gens du village. Des « Parisiens ». Ils s'installent dehors, sur la terrasse. Tu t'assieds avec les autres, tu te fais servir un « petit pastis très noyé », et te voilà de la compagnie. La question, c'est que boire en compagnie ne te plaît pas plus que ça. Il faut que tu boives en secret. Ton pastis, tu n'y trempes qu'un peu les lèvres au moment où l'on toque les verres.

Jouer de ses atouts, c'est le théorème de base de la séduction et de la guerre. Ton atout ? Copine intime de la maîtresse de maison. Tu décides de jouer les utilités afin de faire la navette entre cuisine et terrasse. Mouvement progressif.

Phase 1 : tu te transformes en préposée à l'eau fraîche et aux cacahuètes.

Phase 2 : tu annonces que tu vas préparer les melons.

Tu peux alors à loisir fureter dans le placard de la cuisine. Il ne contient que de la vaisselle. Soulever le rideau devant l'évier : huile d'olive, vinaigre et condiments sont les seuls habitants du lieu. Tu deviens nerveuse. Tu n'as encore pour ainsi dire rien bu.

Heureusement, il y a deux bouteilles de vin blanc à moitié vides dans le frigo et un cubitainer de rouge entamé sur le buffet.

Opération : ouvrir le frigo. Boire quelques gorgées de chaque bouteille pour que ça ne se remarque pas. Ouvrir le robinet du cubi, sans faire goutter du vin par terre. Remplir un verre. Le boire prestement par crainte que quelqu'un n'arrive.

Ton amie te tance : « Voyons, arrête de travailler, on fera ça tout à l'heure, viens avec nous ! » Tu réapparais. Tu trempes à nouveau les lèvres dans le pastis. De dépit, tu bois tout. On te ressert. Tu avales à nouveau. Mais ce n'est pas la meilleure façon de boire pour toi.

Tu vas donc couper le pain. Tu te hasardes à nouveau dans le salon.

Arrive un elfe, une petite fille en maillot de bain rose avec une barrette de côté, qui demande à faire pipi. Elle est escortée par son grand frère, douze ans environ, qui s'ennuie visiblement. Inspiration ! Tu engages la conversation avec le gamin. Dans le salon, il y a une lunette astronomique. Au mur, une carte des constellations. Tu lui parles des étoiles filantes. Le flair, tout est là. Voici le garçonnet parti dans un discours documenté sur les galaxies. À peine prête-t-il attention à sa petite sœur qui retourne sur la terrasse. Le gosse est si enthousiaste qu'il ne te lâche plus. Il te montre les instruments, les manettes. Puis, se tournant vers le bas de l'escalier de la mezzanine, garni d'un parement de bois, il te désigne ce que tu attendais : « Tu vois, Pierre a même installé une ancienne boussole pour ouvrir le placard à bouteilles sous l'escalier. »

Ah, ah, la bonne idée ! La boussole pour ouvrir le placard à bouteilles. « Pour une idée originale, c'est une idée originale », dis-tu au gamin. Tu poursuis sur ce registre quelques minutes, pour endormir sa méfiance. Tu regardes dans le télescope, tu commentes une carte de l'hémisphère Sud, puis, l'air de rien, tu lui dis : « Tiens, apporte des biscuits d'apéritif dehors, j'ai l'impression qu'ils n'en ont plus. » Et ouste ! Direction la boussole. Un cran à gauche. Voici les Cinzano, Martini, whisky, Americano, gin. Vite, une gorgée par-ci, une gorgée par-là. Et si le gosse revenait continuer la conversation ?

Tu connais la technique. Une fois la cachette trouvée, il faut dévisser tous les bouchons presque complètement. En sorte que si tu veux renouveler ton intrusion dans le placard, les bouteilles sont quasi ouvertes, ce qui permet de boire plus vite moyennant une certaine dextérité dans le geste de les sortir et de les remettre.

Justement, sur un appel de Jacqueline, tout le monde entre dans la cuisine pour passer à table. Pas de protocole. Tu t'assieds dans l'axe du placard.

Les prétextes à se déplacer ne manquent pas : aller aux toilettes (bis), descendre dans ta chambre chercher le cadeau choisi pour tes amis et, bien sûr, aller contempler les instruments d'astronomie.

Tu veilles à ne pas dépasser une certaine quantité d'alcool, par prudence. Tu ne souhaites pas que ton subterfuge soit découvert. Quant au vin servi à table, tu n'en bois pas une goutte.

Il y a quelques jours, j'ai reçu une toute jeune femme à la maison. Elle a souffert d'anorexie. Elle est à demi guérie. Je la voyais errer de pièce en pièce, entrer dans la salle à manger, entrebâiller l'armoire aux friandises, puis ressortir, de peur d'être surprise. Elle revenait en cachette, grignotait compulsivement quelques biscuits, partait de crainte d'être découverte, revenait à nouveau. Parfois, elle ouvrait la porte du frigo ostensiblement pour y prendre une bouteille d'eau, puis, dès qu'elle se croyait seule, elle en extrayait un yaourt chocolaté qu'elle mangeait, je suppose, derrière le verrou de la salle de bains. Cette enfant suscite en moi une tendresse sans bornes. J'ai très peur pour sa vie, son intégrité, son avenir. Petite fille, mon double.

10

Le repas de famille (bis)

Tu tenais à organiser des repas de famille. Tête de bois, tu ne voulais pas renoncer au repas parfait. Enfermée dans le temps circulaire des alcooliques, tu t'obstinais, tu ne voulais pas t'avouer vaincue, tu minimisais le fiasco de la fois d'avant et tu repartais en avant (croyais-tu).

Tu invitais ta famille à la maison. Ce pouvait être pour un anniversaire, un Noël, un Nouvel An, voire la venue d'un ami pour une visite inopinée. Ta famille est petite. Tu es fille unique, ta mère a perdu ses parents, ton père est mort, tu es divorcée. Tu as, certes, des cousines et un cousin issus de ta famille paternelle, mais il ne fut pas de bon ton, dans ton enfance, de fréquenter les « paysans » qu'ils étaient, de sorte que tu les vois de loin en loin. La famille, ce sont tes trois enfants, ton autre cousin (du côté maternel) et sa famille, ta mère. C'est pourquoi tu associais parfois quelques amis intimes, afin de sortir quand même les rallonges et le beau couvert. Qu'est-ce, en vérité, qu'un repas de famille sans rallonges et beau couvert ? D'autant que tu as une grande maison. Un privilège qui engendre le devoir d'y recevoir famille et amis.

Tu composais un menu original, tu faisais tes courses chez les meilleurs fournisseurs. Tu dépassais ton budget (ton fils cadet disait que « tu faisais péter »).

La veille de l'invitation, tu montais les rallonges de la grande cave et les bouteilles (achetées la veille) de la cave à vins. Le matin du jour J, tu mettais le couvert, comme tu avais vu ta mère et ta grand-mère le faire : d'abord le molleton, puis la nappe, qu'il faut « travailler » pour que les plis s'effacent, puis les assiettes et l'argenterie. Les verres, après les avoir essuyés avec soin. Et toutes les petites choses à ne pas oublier : salière, poivrière, couverts de service, serviettes. Sans oublier les fleurs. C'était pour toi un plaisir intense que de composer les bouquets. Tu t'y attardais. Car alors, tu étais avant. Avant le redouté, l'inévitable, la catastrophe annoncée.

Tu commençais à cuisiner. Tu mettais un tablier, et tu espérais encore. Au début, tout calme. Couper, éplucher, laver. Venait le moment de blanchir, de braiser… Tu arrivais au fait : déglacer, arroser, faire flamber, ouvrir les bouteilles pour qu'elles décantent.

Alors, ça vient, lentement. Quelque chose se met à clocher dans ton cerveau. Tu avales une petite gorgée de cognac par-ci, un petit verre de vin blanc par-là… Tu débouches une bouteille. Tu dis stop, mais tu continues. Ta main avance toute seule, le goulot se porte de lui-même à tes lèvres, un refrain s'infiltre peu à peu dans ta tête : « Ce n'est pas grave, juste une petite gorgée. » Tu finis la cuisine plus ou moins grise.

Les invités arrivent. Accueil, enlèvement des vêtements, présentations (en général inutiles), installation au salon. Avec un sourire enjoué, tu proposes un « apéro ». Sur tes gardes encore (mais si peu déjà !), tu offres quelque chose d'innocent, comme un kir au champagne. Tout en allant et venant entre tes invités et la cuisine, tu bois alternativement, un peu de ce kir exquis et beaucoup de calvados ou d'armagnac « de cuisine ». Tu finis la bouteille entamée. Parfois, tu as la force de vider ce qui reste dans l'évier.

Ensuite, c'était selon. Soit tu étais juste « pompette » au moment de demander à tous de rejoindre la table, soit tu étais déjà bien « partie » (joli mot : boire, c'est s'absenter).

Dans les deux cas, tu arrivais, vaille que vaille, à servir ta somptueuse entrée et à entendre distinctement le début des conversations. Très vite cependant, tantôt dès le deuxième plat, tantôt après, tout se brouillait. Tu te métamorphosais en une automate qui servait, découpait, ouvrait, tendait, distribuait. Les invités n'y prenaient pas garde au début. Bientôt, la chose ne pouvait plus être ignorée. Tu te prenais les pieds dans le tapis, tu te cognais aux pieds de table ou aux murs, tout en continuant à vouloir, contre toute vraisemblance, faire bonne figure. Plus surprenant : les convives persistaient, contre toute vraisemblance eux aussi, à faire figure de bons invités, de bons parents, de bons amis.

Pourquoi se conduisaient-ils ainsi ? Pour un

mélange de raisons, penses-tu aujourd'hui : le laps de temps nécessaire pour s'apercevoir qu'une personne n'est pas seulement un peu gaie, mais ivre ; la politesse qui veut qu'on ne remarque pas les faiblesses de ses hôtes ; la gêne de ne savoir ni que dire ni que faire ; sans doute, la tolérance de la société devant l'alcool ; l'incrédulité devant l'évidence troublante qu'une femme « bien » et « instruite » comme toi puisse « se mettre dans un état pareil ». Malaise général, sauf chez ceux qui avaient trop bu. Car il y avait cela aussi, dont tu t'es avisée bien plus tard. Certains de tes commensaux étaient aussi, sinon plus ivres que toi !

De ton entourage tu n'avais plus cure. L'alcool t'engourdissait. Tu ne répondais pas aux sollicitations de l'assemblée qui dissertait sur tel ou tel sujet. Tu étais comme une souche, à donner le spectacle de ton ivresse. Cette sidération pouvait te mener à somnoler, voire à tomber de ta chaise. Momentanément dégrisée par ta chute, tu te relevais en riant. « Que je suis maladroite », disais-tu, ou : « Ouh là, là, j'ai trop bu. » Ce qui exonérait tout le monde.

Tu pouvais aussi changer du tout au tout.

Prise d'une énergie subite, tu te lançais dans une tirade véhémente autant qu'incohérente. Tu racontais (pour la centième fois) comment tu avais trouvé ton bébé mort le 31 janvier 1985. Tu vitupérais celui qui t'avait « abandonnée » avec les trois enfants « tout petits » (en fait, ils n'étaient pas au berceau). Tu dramatisais à fond. Rien n'y manquait, ni les pleurs, ni les insultes, ni, parfois, un incident final où un convive, moins habitué à ces séances ou tout simplement en colère, quittait la table, entraînant les autres qui invoquaient des prétextes que tu n'entendais plus.

Une fois, ils n'eurent aucune excuse à trouver, car tu avais tout plaqué pour monter t'enfouir dans les draps blancs (de ton lit impeccablement fait). Un autre jour, tu t'es retrouvée allongée en larmes après avoir glissé sur le parquet. Un invité miséricordieux t'a relevée et conduite dans ta chambre. La plupart du temps, tu faisais un effort inouï pour ne pas craquer. Tu t'obstinais à tenir ton rôle de maîtresse de maison jusqu'au dessert et au café, sourde à la conversation mais, par un étrange dédoublement, en mesure de te relever, débarrassant, servant, rangeant. Tes enfants, tristes et muets, quittaient la table « pour aller jouer », sauf la petite, qui n'osait t'abandonner et continuait d'espérer envers et contre tout que tu allais te réveiller de ce demi-sommeil pour redevenir « la maman que j'aime ».

Ainsi, d'une façon ou d'une autre, se terminait le repas de famille. Pourtant, tu te réveillais le lendemain, tes vêtements pliés et rangés à leur place dans l'armoire. Tu réalisais que tu avais tout oublié depuis un moment que tu n'arrivais pas à identifier. Quelque calamiteuse qu'eût été la fin de la soirée (dont tu n'avais aucun souvenir), tu avais desservi, empilé, jeté. Le lave-vaisselle avait terminé son cycle. La maison, d'un calme mortel, était rangée à la perfection.

Tu éveillais tes fils, tu descendais la petite encore ensommeillée dans tes bras. Vous preniez le petit déjeuner. Les aînés partaient à l'école. Tu habillais et tu coiffais ta fille. Tu aimais lui tresser les cheveux. Tu te préparais à ton tour. Vous partiez. Tu la déposais à l'école. Tu arrivais au travail à l'heure pile. Chacun te trouvait bonne mine.

11

La cellule de dégrisement

Ton soutien-gorge était posé dans un bac en plastique à fond plat. À côté tes lacets, ta montre, tes bagues, ton portefeuille, ta ceinture. Tu portais un pantalon gris et un pull léger. Tu avais frais. Les visages des policiers étaient d'une neutralité de marbre. Ils étaient polis. Ils faisaient leur travail. C'était comme dans un film. Un film avec de bons flics.

Ils t'avaient trouvée assise dans ta voiture, qui avait percuté frontalement la hampe d'un panneau de circulation. Tu n'étais pas blessée. Tu avais à peine senti le choc. C'est le lendemain, chez le carrossier, que tu te rendis compte que l'avant était complètement enfoncé. Une épave à mettre à la casse. Tu avais eu de la chance.

Presque aussitôt après l'accident, les policiers avaient surgi de nulle part : une voiture avec le gyrophare, suivie par le panier à salade. Tu étais là, consciente d'une soudaine immobilité qui gardait pourtant quelque chose d'instable, comme à l'arrêt des montagnes russes de la foire du Trône. La route semblait encore glisser comme avant le choc, les lumières se décomposaient bizarrement et se fondaient les unes dans les autres, sans que tu reconnaisses l'endroit où tu te trouvais, un endroit familier pourtant, comme tu t'en rendis compte après coup.

Il y avait des silhouettes autour de la voiture. Des passants (il semble que l'un d'eux ait prévenu la maréchaussée avec son téléphone portable), puis les policiers. Les sons te parvenaient confusément, aussi fondus que les couleurs. Ils te dirent : « Soufflez » et tu soufflas. Ils dirent : « Deux grammes cinq. » Tu dis : « Ah, bon ? » Puis tu entendis : « Montez dans le camion, madame », et tu montas.

Ils te conduisirent à l'hôpital. Parce qu'ils ne pouvaient pas te mettre en garde à vue sans être certains que tu n'avais pas une lésion cachée, un traumatisme crânien, par exemple. Ça arrive. Les gens ont juste l'air d'avoir bu un coup de trop, puis ils tombent dans le coma au commissariat et alors, bonjour la bavure ! Aux urgences, on te fit une radio. On te prit la tension. Les pandores attendaient tranquillement dans le couloir. Lorsqu'il fut établi que tu allais bien, ils t'emmenèrent au commissariat.

C'était cocasse. Comme un tour de manège, dans la voiture à pin pon, une visite guidée de la ville la nuit. Encore sous l'effet de l'alcool, tu trouvas amusant d'arriver au commissariat de ton quartier, que tu connaissais pour y avoir fait des démarches (et y avoir déposé une main courante il y avait de cela longtemps). Cette fois, tu te trouvais dans une autre partie du bâtiment. Pas celle qui reçoit le public. Tu étais là où on fait enlever le soutien-gorge, les lacets, tout ce qui pointe, pique ou enlace, et déposer l'ensemble dans un bac blanc avec un inventaire détaillé de ce qui s'y trouve que tu dois signer.

C'était le début du printemps. Tu sentais l'odeur acide des feuilles neuves dans la rue piétonne où tu faisais souvent tes courses, tu savais qu'à gauche se trouvait la mairie, à droite l'école catholique.

Tu entres dans un bureau. Il est tout jeune, le flic. Comme dans les vieilles séries télé, il tape à la machine lentement, avec deux doigts. Tu lui souffles gentiment l'orthographe des mots.

– Nom, prénom ?

– Madeleine Melquiond.

– Profession ?

– Journaliste.

Un peu étonné, le jeune policier. Encore que les journalistes, ça a la réputation de boire.

– Âge ?

– Quarante-sept ans.

Il tique un peu, parce qu'une femme, à quarante-sept ans…

– Situation de famille ?

– Divorcée, trois enfants.

Le visage du préposé montre que les choses rentrent dans l'ordre. Forcément. Famille monoparentale, on a appris ça à l'école de police, depuis qu'on humanise les relations avec les prévenus. Trois gosses, c'est beaucoup, pense-t-il. Lui, il a sa légitime et deux enfants.

Il trouve que c'est pas facile, le travail, les enfants, les courses, tout ça. Alors, une femme seule… Quand même, il trouve que, pour une femme, boire, c'est moche.

Il est gentil. Il te fait raconter ton histoire doucement. Il ne fait pas la grosse voix. Par ailleurs, il n'a pas de moustache. Tu fais ta déposition. Tu as invité un couple d'amis chez toi (ce qui prouve que tu n'avais pas l'intention de prendre la voiture). Bon repas, bien arrosé. « Vous savez ce que c'est… » Le policier ne dit ni oui ni non. Il ne veut pas se compromettre. Gentil, mais boulot, boulot. Avec les journalistes, on ne sait jamais. Ils sont bizarres. Certains ont l'air de cadres supérieurs, d'autres presque de clochards. Le jeune flic se dit qu'il ne comprend pas bien cette profession. Y en a qui gagnent des mille et des cents, d'autres juste assez, et là, cette petite dame, avec une Fiat Punto (à mettre à la casse, la voiture, d'après les collègues), elle ne doit pas être très riche.

Donc, en fin de soirée, tu es bourrée (tu lui dis d'écrire « ivre »). Mais tu tiens à montrer le moyen de rejoindre l'autoroute à tes invités qui repartent à Chablis (Chablis, en plein vignoble ça ne s'invente pas). Et te voilà au volant, toi devant, eux derrière dans leur vieille 403. La route, tu la perçois comme une sorte de tissu gris mobile et ondulant. Sur les côtés, tu ne vois que de vagues formes et un fouillis de couleurs. Tu arrives non loin de la bretelle de l'autoroute, que tu leur désignes de la main. Tu fais demi-tour. À nouveau, l'étoffe grise curieusement vibrante et toi qui as à peine conscience de tes mains sur le volant. Soudain, un choc. La voiture s'arrête.

– Et voilà, monsieur l'agent, c'est tout.

Il met un peu de temps à taper sur sa vieille machine. Il te fait répéter quelques expressions, pour être bien sûr. Il te demande de relire.

– Voilà, madame, signez ici.

Tu signes. Tu connais tes droits. Tu demandes à téléphoner. Accordé. Tu appelles ton fils cadet et tu lui racontes l'histoire, en minimisant.

– J'ai voulu aider mes amis à rejoindre l'autoroute. J'avais un peu trop bu. J'ai heurté un panneau de signalisation. Je serai à la maison demain matin. Ne t'en fais pas.

Le jeune homme répond sobrement :

– OK, maman. Bonne nuit.

Maintenant, il est temps de faire connaissance avec la cellule de dégrisement. C'est petit, étroit, ça sent le pipi. C'est comme au cinéma. Il y a des toilettes à la turque dans un angle, sans cloison. Pour dormir, une banquette de béton le long du mur de droite. Pas de matelas. Une petite lucarne grillagée tout en haut du mur du fond. Elle donne dans la rue piétonne. (Tu t'orientes à peu près.)

Tu as froid dans le pantalon gris et le pull en acrylique que tu as mis pour inaugurer le printemps. Tu demandes une couverture. On te donne un truc sale qui sent mauvais, mais qui te réchauffe. Il doit être 2 heures du matin, mais tu ne sais pas, puisque ta montre est dans le bac de plastique blanc.

La nuit s'écoule. Le commissariat est silencieux. On croirait qu'il n'y a pas un chat. Les policiers ne jouent pas au poker en fumant des cigarettes. On n'est pas dans le Middle West, madame !

Tu dors. Rien ne saurait t'empêcher de dormir. Le béton, c'est très bien pour dormir.

Au petit matin, ils viennent ouvrir la cellule. Ils t'offrent un café. Ils ne sont pas obligés, mais ils te l'offrent. Ce sont d'autres flics. La relève. Ils te rendent tes effets personnels. Tu vas dans les WC pour remettre ton soutien-gorge et lacer tes chaussures. Tu signes un papier attestant qu'ils ont bien tout rendu. Tu promets de venir voir le commissaire à 16 heures.

Tu sors dans l'air frais d'avril.

12

Géostratégie de l'alcool

Tu étais devenue une stratège de l'alcool. Les spécialistes des guerres non conventionnelles peuvent se mettre à ton école, qu'il s'agisse de guérilla rurale (un peu passée de mode), de guérilla urbaine, voire de terrorisme. Certes, des pans entiers de cette science t'échappent. Tu n'es pas championne dans le recyclage de l'argent sale, ni l'achat d'armes, ni les armes en général, ni dans les techniques opératoires pour réussir un attentat suicide. En fait d'armes, tu ne connais que le fusil de chasse de tes oncles agriculteurs (entrevu dans ton enfance), les canons de l'hôtel des Invalides, et des kalachnikovs vues à la télé. Ainsi que des AK quelque chose.

Tu es championne toutes catégories dans une discipline annexe, la logistique, précisément dans la planque d'objets de taille moyenne. Pour exemple, bouteille de bonne poire alsacienne, cocktail vodka orange, bombe « ananas » (un cinquième de jus d'ananas, quatre cinquièmes de rhum) sans compter les gourdes ou flasques de formes et tailles plus petites, contenant du whisky.

Tu sais dissimuler cet attirail dans ton sac, ta poche, ta capuche ou sur ton ventre (de l'intérêt d'être femme). Tu es apte à le transporter sans éveiller le moindre soupçon, sans tchador ni treillis, sur de bonnes distances, à pied, en voiture (là, c'est facile) ou à vélo. Tu sais le cacher et le mettre en action avec dextérité.

Prenons la campagne. Tu es, sur ce terrain, « comme un poisson dans l'eau », comme disait feu le président Mao. Ton terrain, c'est la Drôme, là où tu passes toutes tes vacances. Tu en connais chaque repli mieux que les maquisards du Vercors leurs sous-bois et leurs grottes.

Tu connais non seulement le lieu, mais son évolution. Tu sais qu'une canalisation en béton vient d'être posée sous telle petite route de campagne ; que des éboulis, dus aux pluies récentes, ont fait tomber des grosses branches sur tel chemin ; qu'un voisin a, sans solliciter de permis de construire, fait creuser une tranchée, prélude à un « abri de jardin » qui sera en fait une maison pour ses enfants. Tu as repéré le tas de briques à demi éboulé, au sortir du chemin des Tiriottes, tout couvert d'ambroisie (plante toxique très vivace causant des allergies, à ne pas confondre, dans ce contexte, avec l'ambroisie, qui est la nourriture des dieux).

Ces observations ne sont pas juste empiriques. Tu as travaillé pour le ministère de l'Équipement (les Ponts et Chaussées, comme les gens disent encore ici à la campagne), ce qui t'a initiée aux chemins vicinaux, départementaux et aux routes nationales. Tu connais les rivières, leurs schémas d'aménagement, les crues, les étiages et les plans d'aménagement des sols.

C'est donc en experte que tu déposes ta bouteille de gin dans la friche de Fabre, ton whisky dans le fossé du chemin illégalement ouvert par Sagnol ou sous la canalisation récemment décidée par le subdivisionnaire de C. Avec la même maestria, tu récupères lesdites bouteilles et tu vas les boire, soit sur place, si l'endroit est discret, soit en d'autres lieux, tout aussi savamment repérés, où tu ne risques aucune visite inopinée.

En ville, même topo. Certes, tu connais moins bien la géographie urbaine que celle des champs. Mais, pour ce qui te concerne, la connaissance du terrain n'est requise que dans l'environnement immédiat de ta résidence, que tu sois à pied ou que tu empruntes ta voiture.

Tu connais tous les magasins qui vendent de l'alcool et leurs heures de fermeture. Tu sais les sens interdits, les voies sans issue. Une fois que tu l'as acheté, soit tu ramènes l'alcool à la maison, soit tu le bois rapidement. Tout doit être minuté, y compris le laps de temps (très court) qui sépare l'ingestion de l'alcootest positif, si tu es en voiture. Le plus sûr c'est de rentrer à pied, ta solution préférée, car tu ne veux plus passer la nuit au commissariat pour conduite en état d'ivresse.

Tu as adopté le principe de base du clandestin : changer sans cesse ton achat, ton itinéraire, ton horaire et ton fournisseur. En sorte qu'aucun des commerçants ne puisse dire à un flic ou à quiconque que tu es une « habituée », que tu achètes « toujours ça » ou que tu viens « en général vers telle heure » en empruntant « telle rue ».

Si tu bois hors de chez toi, tu connais quelques places de parking licites dénuées d'éclairage public. Tu as aussi l'usage de quelques anciens chemins ruraux serpentant sur les pentes de ta banlieue, où tu peux te risquer. Ainsi que d'un square sombre et ouvert tard, mais où des toxicomanes viennent se piquer, ce qui peut entraîner des désagréments. Sans oublier l'église, fréquentée jusque vers minuit par divers groupes de prière et chorales. Une petite chapelle, peu éclairée, fait l'affaire. Tu décapsules en vitesse ta petite bouteille de whisky, tu avales son contenu en trois gorgées. Tu déposes le flacon vide sous le tapis où il dessine une petite bosse.

13

Chez l'alcoologue

Quel soulagement ! Lorsque tu as pris rendez-vous chez l'alcoologue, le simple son de sa voix t'a laissé entendre, par son absence d'onctuosité, que tu n'avais pas affaire à un spécimen du genre du psy consulté les années précédentes, dont tu avais généreusement arrosé le tapis (de l'ascenseur) en urinant dessus.

Lorsque tu te présentas à son adresse, ce fut, certes, dans le XVe arrondissement, parmi les plus chers de Paris, mais dans un immeuble sans apprêt, au fond de la cour, lieu annoncé, au vu et su de tous, par une décente plaque de cuivre à l'entrée, où tu lis : « Psychothérapeute, rdc, cour gauche ». Ce qui, comparé à l'immonde bout de carton punaisé sur la porte du cabinet du psy, te donna l'impression de passer d'un tripot clandestin à une honnête boutique. Impression accrue par la propreté un peu austère de la cour, juste animée par quatre pots de géraniums.

Quand l'homme t'ouvrit, la confiance ne fit que grandir. Avec son visage rond et son regard franc, il était aux antipodes du praticien mélancolique qui t'avait soutiré cinq cents francs en liquide deux fois par semaine, pendant cinq ans (te semble-t-il, mais tu ne sais plus les dates de cette « analyse »). Âgé de trente à trente-cinq ans, athlétique sans ostentation, vêtu de telle manière qu'on ne remarquait pas ses vêtements (il était en particulier dépourvu de mocassins à pompons), ce monsieur donnait l'impression d'être de taille à entendre les évocations de cuites et beuveries en tous genres, sans sourciller ni se contenter de « hum, hum », ni te demander si tu avais été élevée au sein ou au biberon.

Sa salle d'attente était si anodine qu'on l'eût crue inspirée par le désir de ne rien suggérer. Une table basse en verre et acier, des chaises en plastique d'une époque incertaine, un canapé plutôt 1900 au velours râpé et un philodendron poussif constituaient tout le décor. Le lino était propre. Il n'y avait pas de poussière sur les meubles, mais on n'avait pas pris la peine de jeter les magazines posés sur la table basse, vieux d'au moins trois ans. L'ensemble évoquait le passage quotidien d'une femme de ménage scrupuleuse, mais indifférente. C'est fou comme on remarque l'agencement des salles d'attente, finalement !

Le cabinet était, lui aussi, d'une superbe banalité. Un bureau en aggloméré, façon merisier, avec bibliothèque assortie, un siège pivotant en plastique noir, une plante verte, une photo de voilier aux prises avec de hautes vagues grises (qui suggérait la pratique assidue de la voile et le goût du grand air), une chaise pour les patients, le tout baignant dans la même propreté sans grâce que celle de la salle d'attente. Le praticien s'isolait de la courette par un store à lattes, descendu aux deux tiers, qui avait oublié depuis longtemps comment monter et descendre. Il était assis dans ce décor délibérément sobre, avec toute l'apparence de la sérénité, ses larges mains posées sur le bureau.

Il ne demandait aucun argent liquide. Il ne

partageait pas l'opinion selon laquelle une thérapie ne vaut que lorsqu'elle arrache au patient des économies qu'il eût pu consacrer à aller au cinéma ou à Eurodisney. Il remettait à ses clients, sans barguigner, une feuille de maladie à la fin de chaque séance. Il possédait en effet son diplôme de médecin, dont il ne se prévalait jamais.

Tu pouvais le provoquer, à l'issue de l'entretien, en lui affirmant qu'en sortant de son fichu cabinet, tu allais foncer directement au magasin Nicolas acheter une bouteille de Chivas Carte Noire que tu comptais bien ingurgiter dans l'heure, il restait de marbre. Tu pouvais débarquer en claironnant que tu avais chez toi une bouteille de rhum agricole que tu avais l'intention de vider cul sec le soir même, il ne cillait pas. Si tu lui annonçais, dans le but évident de déclencher la bagarre, avoir éclusé dans la semaine quatre flasques de gin et huit autres de cette odieuse sous-marque de whisky nommée Black Label, il restait impassible.

Le top du top, c'est qu'il ne te demandait jamais de parler de ta petite enfance. Il ne relevait jamais tes lapsus. Il écoutait le récit de ta vie sans paraître seulement entendre. Il restait souriant, courtois et distant, quoi que tu dises. C'était malin. Car autant le psychiatre, que, pour faire court, nous nommerons « le psy à pompons », te donnait des raisons de continuer tes provocations, ne serait-ce que par sa dégaine dédaigneuse, autant l'alcoologue, par son calme, arrivait peu à peu à te désarmer. Tu commençais à l'écouter (un peu).

Il avait son truc à lui : le geste. Adepte de la psychologie dite comportementale, il pouvait te répéter cent fois, sans jamais lever la voix, qu'entre le verre et toi, il y a le geste. « Jusqu'au dernier instant, disait-il, vous êtes libre de prendre le verre en main ou non, et même le verre à la main, vous avez encore la liberté de boire ou de ne pas boire. »

Plus tu le titillais, plus tu lui répétais qu'au sortir même de la consultation tu allais te précipiter dans le bistrot le plus proche, plus il te répétait inlassablement qu'il suffisait de ne pas approcher les lèvres du verre (et vice versa). Tu finissais par admettre que c'était un propos digne d'intérêt. Pourquoi en effet ne pouvais-tu pas retenir ton geste ?

C'était très astucieux, cette technique. Mais très risqué. Assurée d'une paradoxale impunité, tu sortais des rendez-vous avec la ferme intention de boire encore plus, rien que pour narguer cet alcoologue sportif. Tu regardais ton verre, ta main, tu pensais « je peux encore ne pas porter ce verre à mes lèvres » et tu te livrais au plaisir délicieux de « lever le coude » quand même. Tu le faisais chaque fois. Le rendez-vous suivant, sans prêter attention à tes aveux triomphants, il reprenait son discours, avec la même constance et le même détachement.

Un jour pourtant, tu découvris la faille. Pas la tienne. La sienne. Il décréta que les addictions de toute nature, de l'alcool en passant par le cannabis, l'héroïne et l'opium, sont entièrement liées à l'essor de la civilisation, occidentale en particulier. Il soutenait que les sociétés primitives, avant le poison colonial, ignoraient les substances dangereuses et que tous les récits de transes et hallucinations ou initiations avec ingestion de substances diverses n'étaient que billevesées. Vous voyez d'ici le débat : les conquistadores et les Incas, le Far West et les Indiens, la guerre de l'opium et j'en passe...

Tant de confiance en la bonne nature de l'homme, ce rousseauisme à la petite semaine, te laissa pantoise. Tout allait à l'encontre de propos aussi naïfs, à rebours de l'Histoire avérée, et tu en restas pétrifiée. Tu esquissas une polémique. Il ne voulait pas démordre de son opinion, mais ajouta, dans un esprit d'apaisement, que tu n'étais pas tenue de le croire. Ce qui comptait, c'était le geste, il fallait se concentrer sur le geste et cætera. Tu perdis confiance en lui, le doux rêveur. Tu cessas de le consulter, avec un prétexte en or.

Un soir, alors que tu levais ton verre pour boire, tu t'arrêtas net. Tu pensas avec la force de l'évidence : « Rien ne m'oblige à boire ce verre. » Tu mis quelques vêtements dans une valise, tu pris ta voiture et tu te présentas au service d'alcoologie dont il t'avait donné l'adresse au cas où, pour y faire une cure de désintoxication. Une rechute te ramena, peu après, à la réalité.

14

Sixième sens

Soit une file au supermarché. Dans un Caddie, trois bouteilles de vin et deux packs de bière. Dans un autre, deux packs de bière et trois bouteilles de vin. Tu peux désigner sans hésiter lequel des deux clients est alcoolique. Ça tient à un rien. Ce peut être une pointe d'ostentation dans le regard, censée suggérer le propos suivant : « J'achète du vin lorsque je fais mes courses, comme n'importe quel client, comme ce gourmet par exemple, qui dépose son bordeaux millésimé sur le tapis roulant, comme ce joyeux drille qui passe à la caisse voisine avec six bouteilles de champagne pour son anniversaire, comme ce petit grand-père qui prend toujours du vin de pays par carton de six pour épargner à sa femme de porter des charges lourdes. » Une expression ténue de mauvaise conscience donne un indice. Dans ce cas, l'alcool disparaît souvent à demi sous les patates et les salades. Il côtoie, en voisin masqué, l'innocente Badoit, le gel douche et le liquide vaisselle.

Telle une voyante extralucide, tu vois ce que les autres ne remarquent pas et qui signe l'alcoolique : celui qui s'empare d'un geste sûr et délibéré d'un whisky hors d'âge l'air de dire : « Chez nous on régale les invités », celui qui fait toutes ses courses avant de se diriger d'un pas égal vers les alcools (en réalité, il a hâte d'empoigner les bouteilles), celle qui passe et repasse devant ce même rayon, comme pour en gagner un autre, mais finit par céder à la tentation après une résistance pathétique de dix minutes. Tu as aussi à l'œil celui qui discute en expert avec le sommelier du choix entre deux millésimes réputés. Combien fréquentes sont ces discussions savantes sur le bouquet et la robe, couverture facile d'ivrognes patentés !

Tu les vois, aussi sûrement qu'une pièce de monnaie dans l'eau claire de la fontaine de Trevi. Ils sont pourtant absolument semblables à ceux qui, eux, ne sont pas alcooliques, et cherchent la bonne bouteille pour le repas entre amis, l'apéritif préféré de l'oncle Paul, le champagne qui récompensera le baccalauréat du fiston. C'est comme une vibration que tous ces alcooliques émettent, qu'ils soient bien ou mal vêtus, alertes ou le pas lent, bien élevés ou grossiers, opulents ou désargentés. Nul signe apparent, nulle couperose, nulle marche hésitante chez la plupart, à l'exception, bien sûr, des alcoolos visibles que tout le monde remarque. Eux, en plus de crever de honte, ils dédouanent tous les autres.

Sachez-le, l'alcoolo visible, c'est la partie émergée de l'iceberg. Celui qui a la trogne fleurie n'en est pas forcément un. La confrérie des alcooliques est un monde très secret qui se flaire, qui se reconnaît à des signes ignorés des autres. Ils se reniflent comme des chiens, ils échangent des regards montrant qu'ils savent. Certains détournent la tête, un peu gênés. La plupart du temps, c'est plutôt la connivence qui vous unit, enchaînés que vous êtes par le même pacte, qui est de dissimuler votre addiction.

Parfois, tu donnes un petit coup de pouce

à un membre de la société secrète. Par exemple, tu engages une conversation sur les mérites comparés de tel ou tel whisky ou tu parles de ta cave à vins qui est à la température idéale, mieux que les armoires qu'on achète (en réalité, elle est vide, mis à part quelques araignées). Tu vas à la rescousse d'une cliente en lui demandant si elle préfère le saumur champigny frais ou à température. Tu provoques alors un gros soupir de soulagement, car elle avait justement tenté de dissimuler la bouteille sous les carottes. Il t'arrive aussi, de plus en plus souvent, de ne plus vouloir les aider à donner le change. Tu les morigènes en douce. « Attention ! Pas trop fort sur le pastis ! »

C'est comme chez l'épicier où tu te rends tard le soir lorsque les cafés et les autres boutiques sont fermés. Là se vendent les grandes canettes de bière dans un réfrigérateur (les fraîches sont plus chères que celles qui sont disposées dans les rayons), les petites bouteilles qui trônent le plus souvent sur une étagère derrière la caisse, dans le voisinage des éponges et des tampons Jex. Ces épiceries sont, à certaines heures, des points de rencontre de la secte des buveurs, avec l'active complicité du tenancier musulman qui ne boit que de l'eau.

Si l'un de vous demande un petit côtes-du-rhône pour des amis qui viennent d'arriver à l'improviste, tu devines qu'il va s'enfiler la bouteille aussitôt revenu chez lui ou même, si elle a un bouchon en plastique, dans un recoin sombre de la rue. Pour ta part, tu fais souvent le coup de la flasque de porto pour cuisiner un jambon, code réputé secret, particulièrement patent pour les autres affidés (et bien connu du jeune vendeur musulman). Une autre tactique consiste à tendre sa marchandise sans un mot, c'est la plus simple, après tout. En plus sophistiqué, certains insistent beaucoup pour avoir « un sac plastique s'il vous plaît » afin de mieux banaliser l'achat.

Chez le traiteur du coin, sur le coup de midi, se forme une file d'ouvriers, de peintres, de maçons ou d'employés de magasin. Ce jeune apprenti qui vient acheter son casse-croûte et qui tient une bouteille d'eau à la main, comme un roi son sceptre, tu sais s'il « tourne à la Vittelloise », comme dit un de tes amis, ou si, au contraire, après avoir ingurgité cette eau politiquement correcte à midi, il va s'enfiler six pastis le soir venu. Tu es infaillible (enfin, crois-tu). Tu sens à trente mètres, sur le trottoir, entre chien et loup, si celui qui entre au bistrot vient boire un innocent apéro ou s'il est complètement accro.

Tu perçois surtout sa souffrance, son mal-être, ses résolutions d'arrêter remises jour après jour, « demain j'arrête ». Tu devines la torture qu'il s'est infligée pour ne pas venir plus tôt, pour ne pas avoir bu au travail, pas même en cachette, sauf parfois, dans les toilettes, quand il n'en peut plus et qu'il s'envoie une petite bouteille de whisky cachée au fond de la mallette de l'ordinateur. Tu sens, tu vois, tu compatis, tu voudrais aider ces amis cachés à arracher leur démon intérieur, mais bon, tu es comme eux, peut-être un peu plus lucide, un peu plus résistante. Va savoir, eux aussi, ils te voient et ils te reconnaissent.

15

En gastro-entérologie

Pourquoi ce jour-là ? Mystère. On appelle ça un passage à l'acte. *Acting*, en plus chic. Ou un déclic. Il paraît même qu'il n'y a pas de guérison sans ça. Donc, au lendemain d'un soir où tu as eu la force de ne pas poser tes lèvres sur ton verre, tu fais une valise en vitesse et tu te présentes à l'hôpital que l'alcoologue t'avait indiqué, il y a bien longtemps, au cas où. Tu avais inscrit l'adresse sur un bout de papier enfoui dans un tiroir de ton secrétaire, mais tu l'as retrouvé tout de suite.

Tu demandes le service d'alcoologie qui, tel un fantôme, n'est signalé sur aucune pancarte du hall d'entrée. Devant ta question, l'hôtesse prend un air de conspiratrice et te dit à mi-voix de monter en gastro-entérologie. Dans le local qui sert d'antichambre au service, le discours est plus étoffé. « Vous comprenez, il ne faut pas stigmatiser les malades alcooliques, donc on ne signale pas le service », débite, comme une leçon apprise par cœur, l'infirmière de garde, dans sa blouse verte, le visage tout chiffonné par l'insomnie. Pédagogue, elle poursuit : « Vous verrez, aujourd'hui, on ne punit plus, on guérit. On ne fait plus vomir les malades jusqu'à ce qu'ils soient dégoûtés à jamais de boire. On n'est plus au XIXe siècle, madame. » Dit-elle « madame » parce que tu es correctement habillée et t'exprimes avec aisance ?

Après avoir toqué discrètement à une porte, elle t'introduit dans le bureau de l'interne, un jeune monsieur au regard intelligent, qui t'inscrit illico sur son registre de cure, suite au récit cauchemardesque de tes débordements alcooliques (tu as exagéré pour être sûre d'avoir une place dans le service). Il t'explique qu'il va t'admettre aussitôt et que tu vas aller rejoindre les autres patients dans la salle où ils passent un moment ensemble avant l'heure du coucher. En quelques mots, il te décrit la cure : méthodes actives, échanges entre alcooliques lors de groupes de parole, sevrage aidé par des tranquillisants, entretiens individuels. Trois semaines. Pris en charge par ta mutuelle comme une affection digestive. Discrétion assurée. Pour sceller ton accord, il te donne un document à signer, une charte où tu t'engages à ne pas boire en secret, à ne pas sortir de l'hôpital sans permission et à participer loyalement aux activités proposées.

Avant de rencontrer tes frères d'infortune, tu dois sacrifier à un autre rite : remplir le questionnaire. Ce sont quatre ou cinq pages, avec des questions écrites en gros et beaucoup de place pour répondre. Tu es invitée à décrire ta consommation par le menu, sans omettre les détails de ta manière de boire (heures, substances, déclencheurs potentiels, effets indésirables). Chaque question est accompagnée de petites vignettes. Par exemple, lorsqu'il s'agit d'évaluer ta consommation quotidienne, on te rappelle que la consommation normale pour une femme est de deux verres, en ajoutant en marge deux verres dessinés avec le signe plus entre les deux. Suit une échelle que tu dois cocher, qui contient jusqu'à dix verres et plus.

Tu te demandes si l'objectif de ces dessins est de commencer à te faire comprendre l'abîme qu'il y a entre 1+1 et 1+1+1+1+1… Puis tu te dis qu'il s'agit peut-être plus simplement de faciliter la tâche aux analphabètes.

Bien entendu, il y a aussi des cases à remplir sur ta biographie, ce qui provoque chez toi une intense panique, car tu as un mal de chien à retrouver les dates les plus simples. Bon prince, le jeune interne te dit de laisser en blanc les questions auxquelles tu ne sais répondre et ajoute que ces confusions de mémoire sont monnaie courante. Tu lui remets ta copie, un peu confuse de tes lacunes. « Allons-y », dit-il, après avoir rangé le document dans un dossier, sans l'avoir lu.

Nous franchissons un couloir, puis une porte à deux battants où l'on entend un bruit de conversation. Te voici avec les autres.

Il y a là une assemblée de pochetrons et de pochetronnes qui, faute de mieux, boivent de la tisane et fument cigarette sur cigarette en discutant avec les soignants (terme de rigueur). Pour se distraire, un baby-foot, des exemplaires de *Gala* et de *Voici*, des cartes, un jeu de petits chevaux, ainsi qu'une grosse télévision marron allumée en permanence que personne ne regarde. Objectif, très brièvement expliqué par un soignant en blouse blanche qui tape le carton avec un curiste (autre mot de rigueur, employé en alternance avec « patient ») : faciliter le sevrage alcoolique par la socialisation. Pour le sevrage tabagique, il doit y avoir un local en pneumologie, qui sait ? Tu n'oses pas poser la question pour ne pas t'aliéner ce soignant joueur de belote qui abandonne quelques minutes sa partie pour te conduire déposer ta petite valise dans une chambre dont le ménage n'a pas été encore fait, avant de revenir avec toi dans la salle, non sans quelques mots d'encouragement.

Pour combattre le manque dû à l'absence d'alcool, outre les tisanes odorantes et le tabac, des pilules roses, bleues et blanches sont proposées aux curistes au moins trois fois par jour. Pas de détail, tout le monde à la même enseigne, jeunes, vieux, hommes, femmes, hop ! Valium pour tous. Égalité, fraternité… C'est médire, car dans la troupe, il y a Sofiane. Lui, il carbure au Rohypnol, parce que c'est un

« polytoxico » et qu'il a un « lourd antécédent psychiatrique », te confie un – désormais – compagnon de cure, prénommé Michel, antécédent d'autant plus lourd, précise-t-il, que le gosse n'a que quinze ans.

Donc, sitôt arrivée dans cette salle, tu avales des pilules sans autre forme de procès, tu bois de la tisane aromatisée à toutes sortes de fruits, tu grignotes du chocolat, le tout dans une atmosphère tellement saturée de fumée que tu as du mal à distinguer les visages. Tu préviens tes enfants à l'aide du téléphone installé sous une coque de plastique entre les deux fenêtres de la salle (dont tu constates qu'elles n'ont pas d'espagnolette). Tu téléphones au travail pour dire que tu as une rhino-pharyngite avec complication pulmonaire. Tu appelles ton alcoologue pour lui dire « finalement, vous aviez raison », ce dont il se réjouit d'une voix sincère. Une aide-soignante pakistanaise édentée t'informe que ta chambre est prête. Tu vas tout droit au lit parce que les cinq pilules ont eu l'art de te donner séance tenante une irrépressible envie de dormir.

Le jour suivant, toujours semi-dormante, tu te fais gronder par les dames de service en blouse verte qui veulent faire le ménage et te traitent, crois-tu entendre dans le brouillard qui te tient lieu de conscience, de paresseuse. Quant à la psychiatre du service, qui reçoit chaque patient à son arrivée, puis tous les trois jours – passage obligé de la cure –, elle déclare, lors du premier entretien auquel tu te prêtes en somnolant, qu'elle te trouve peu coopérative et orgueilleuse. Elle justifie son jugement par le fait que tu bâilles sans cesse et qu'en dépit de ton envie de dormir tu poses beaucoup de questions, dont certaines manifestent un certain scepticisme. Elle te prévient que le secret de la réussite, c'est de jouer le jeu. Elle ajoute qu'au vu de tes réponses au questionnaire (qu'elle sort du dossier où l'avait glissé l'interne) tu n'as aucune raison de te croire supérieure aux autres. Elle consigne ses remarques dans un gros carnet, avec un stylo-encre baveux.

16

La cure des miracles

Une cure de désintoxication alcoolique telle que je l'ai vécue repose sur deux pivots : le Valium ou autres tranquillisants, pour le côté chimique ; le groupe de parole pour le versant psychologique.

Deux jours apres ton admission au service d'alcoologie, après avoir beaucoup dormi à cause du Valium, tu te sentis fraîche et rose, malgré une entrevue désagréable avec la psychiatre du service. Tu acceptas donc avec plaisir de participer au groupe de parole animé par le jeune interne qui t'avait reçue, comme tu t'y étais engagée. Les séances se tenaient de 14 à 16 heures, après le petit déjeuner, la toilette, le ménage, quelque vague baby-foot, le déjeuner à 11 h 30 (pilules) et un interminable temps mort, le tout dans une fumée d'enfer.

Le groupe de parole reposait sur les témoignages des malades, le médecin dans le rôle du meneur de jeu, la psychiatre embusquée dans un coin, en observatrice, ainsi qu'elle l'annonça brièvement. Elle se contentait de noircir son carnet de notes. Pour lancer la conversation, le jeune médecin proposa à chacun de dire s'il buvait en cachette et, dans ce cas, où il cachait ses bouteilles.

Hocine parla le premier. C'était un mauvais garçon au verbe haut, pas gêné le moins du monde, qui se présenta comme « présentement sous contrôle judiciaire ». Il déclara avoir planqué du rhum sous son lit, mais tu le soupçonnes d'avoir dit ça parce qu'il pensait qu'en répondant oui, il allait se fondre dans le paysage, vu qu'il visait une remise de peine. Mon nouveau copain Michel, syndicaliste CGT, aux avant-bras velus et à la trogne couperosée, déclara qu'il avait déjà fait une cure. Donc, officiellement, il ne buvait pas. Ce qui le contraignait à cacher son whisky dans la haie de son jardin et à se faire des bains de bouche avec un produit contre la mauvaise haleine. Myriam, une jeune femme très maigre, si faible qu'elle perdait ses cheveux par touffes, dit crânement qu'elle ne les cachait jamais, pas plus que ses barrettes de shit. Et qu'elle ne voyait pas pourquoi elle se serait cachée, car elle buvait avec son petit copain encore plus alcoolique qu'elle, au motif de quoi la DDASS lui avait retiré son enfant. La cure, c'était pour récupérer son fils de cinq ans.

Tu déclaras que tu les mettais le plus souvent sous l'évier parmi les produits ménagers, l'hiver, et l'été dans un fossé sur le chemin de ta maison de campagne. Maria Generosa, une mère de famille portugaise qui déclara avoir trente-cinq ans et trois enfants, toute menue et d'une timidité extrême, se taisait. Encouragée sans doute par ton témoignage, elle finit par susurrer d'une toute petite voix que, bien sûr, elle buvait un peu trop et qu'il lui arrivait de dissimuler une bouteille de vin blanc derrière les produits ménagers, tout comme la dame (toi) venait de le dire. Après quoi Sofiane déclencha l'hilarité en décrétant qu'il les buvait sitôt volées, ce qui le dispensait de les cacher. Bref, chacun y allait de son histoire et constatait qu'elle ressemblait étrangement à celle du voisin, ce qui avait un indéniable effet curatif, si bien qu'au bout d'un certain temps tout le monde voulait parler à la fois et qu'on dépassa l'horaire imparti.

Le jeune médecin faisait, à n'en pas douter, des heures supplémentaires. Il les acceptait de bon cœur… C'était le genre de personne qui prend son métier très au sérieux et ne peut qu'engendrer la sympathie. À chaque séance, il faisait monter la sauce, en dirigeant le groupe vers des « propositions de discussion » de plus en plus ardues. Cette progression pédagogique acheminait chacun vers ses souvenirs d'enfance, ses amours, ses deuils, ses désarrois intimes et ce qui l'avait conduit à boire.

Il était compétent, ce toubib. Il faut dire que, sans te vanter, tu l'aidais pas mal. Mais tu devais le gêner aussi, en anticipant ses conclusions, en sorte qu'il te demandait parfois, avec délicatesse, de te taire. Il en usait de même avec Michel qui, expérience syndicale aidant, avait la langue bien pendue. La psy n'appréciait ni sa tchatche ni la tienne, ce qu'elle exprimait par une accélération rageuse de sa prise de notes, puisqu'elle s'était engagée à rester silencieuse.

Après cette séance, l'ergothérapeute prenait le relais. Christine, une jeune femme bénévole, bien faite de sa personne, proposait aux patients de confectionner des angelots en plâtre ou des scourtins provençaux. À moins qu'il ne s'agisse d'apprendre à cuisiner du bœuf bourguignon à l'eau ou du lapin sauté au jus de pomme (attention, le cidre, c'est de l'alcool). Toutes occupations dédaignées par les garçons qui tapaient la belote, en se racontant leurs souvenirs de détention, de boulot ou de grève. Il y avait entre eux une controverse animée pour estimer si Christine était un « bon coup ».

Puis c'était le dîner, lequel, comme dans tout bon hôpital, surgissait sur un plateau roulant en acier chromé à l'heure où les enfants prennent leur goûter, chaque plateau étant agrémenté d'une petite boîte où gisaient cinq pilules (six pour Sofiane).

Restait l'interminable soirée, marquée par les visites. Les familles étaient admises dans la salle commune ou dans les chambres jusqu'à

20 heures. Tes deux fils sont venus. Ils étaient gênés et impressionnés de te voir en cette compagnie loufoque, mais ils firent comme si de rien n'était, en petits hommes courageux.

Maria Generosa devenait blanche comme un linge à la seule vue de son mari, José, dont il était notoire pour nous qu'il la battait, puisqu'elle avait murmuré lors du groupe de parole que c'est par peur de ses coups qu'elle s'était mise à boire. Il s'enfermait avec elle dans sa chambre, parfois escorté d'autres représentants de sa famille ou de sa belle-famille, histoire de bien enfoncer le clou. La visite consistait en effet à lui faire honte de sa conduite et à lui seriner qu'on lui pardonnait pour cette fois, mais que c'était bien la dernière, comme nous en étions informés lors de la réunion du lendemain.

La grosse maman de Hocine, plus large de postérieur que la chaise où elle trônait, les mains couvertes de henné, se tenait en djellaba et en adoration devant le délinquant sursitaire, tandis que le père de Sofiane, un Marocain maigre et digne, triturait sa casquette, hésitant entre des paroles de blâme et de réconfort à l'égard de son fils. Le syndicaliste lisait imperturbablement *La Vie ouvrière* dans ce capharnaüm. Sa femme passait de temps en temps en coup de vent. Elle travaillait à la Mutuelle générale de l'Éducation nationale où elle était déléguée du personnel. Myriam descendait dans le hall passer de longs et mystérieux coups de fil, flirter avec les infirmiers et leur taxer des blondes. Tu t'efforçais d'attacher ton attention à la lecture de *La Montagne magique*, afin de rester dans une ambiance médicale propice au retour sur soi.

On soumit la troupe à divers examens médicaux : prise de sang, exploration douloureuse des estomacs (sans anesthésie, comme en souvenir des cures-punitions d'antan), radiographie des foies, d'où il ressortit que quelques-uns souffraient d'une hépatite ou d'une cirrhose, d'autres non. Ce résultat, en principe secret, mais divulgué lors des conversations amicales, créa une césure parmi les curistes. Ceux qui n'avaient ni hépatite ni cirrhose étaient regardés avec envie par les autres. C'était l'aristocratie des pochetrons (tu en faisais partie). Les autres étaient, pour ainsi dire, sur la rampe de lancement du service d'oncologie, antichambre de la mort.

La deuxième semaine vit quelques nouveautés s'ajouter à cette trame immuable. L'interne entreprit de nous préparer à une affaire d'importance : quelques malades allaient partir en permission le prochain week-end. Deux jours d'autant plus délicats que c'était Noël. Un hasard qui ne s'invente pas.

Oui, ils pourraient aller, complètement libres, dans leurs familles (s'ils en avaient), munis de leurs seules pilules pour viatique. « Cette épreuve est un test important, expliqua-t-il. Pas question de se précipiter au premier bistrot venu, ni même de boire un dé à coudre de vin ! » En guise d'entraînement, ceux qui avaient été désignés eurent le droit (ou le devoir ?) de sortir de l'hôpital une demi-heure par jour. Tu étais du nombre. Nous devions nous rendre au café-tabac du coin, pour acheter les journaux. La plupart en profitèrent pour boire un diabolo grenadine et jouer au quinté plus (pour ta part, tu achetas *Le Monde* et des Stimorol).

Autre nouveauté : la promenade. Vendredi,

veille de permission, une jeune volontaire en baskets, moins jolie que Christine, mais plus jeune, conduisit les permissionnaires se promener en forêt. On ne le dira jamais assez : rien de mieux que la marche en forêt pour mettre les alcoolos sur la bonne voie ! Quand on marche, on ne pense pas à boire, c'est bien connu. Tu n'avais qu'à te remémorer les bitures que tu avais prises lors des raids de nuit chez les Guides de France pour en être pleinement convaincue (tu eus le tact de ne pas faire cette remarque en public). Moyennant ces exercices roboratifs, le groupe d'élite franchit avec succès l'épreuve de la permission, comme le prouva la prise de sang opérée (par simple précaution) au retour.

La guérison était en vue. La troisième semaine, tu te pris à regarder les nouveaux arrivants avec une pointe de condescendance. Lors des groupes de parole, tu les abreuvais de conseils fraternels. Tous ceux qui allaient sortir baignaient dans un sentimentalisme écœurant. L'horizon s'éclaircissait.

Ce fut le moment choisi par deux représentants des Alcooliques anonymes (A.A. en abrégé) pour se présenter dans la salle commune afin d'exposer les voies de la guérison de la maladie alcoolique via les douze étapes du perfectionnement spirituel. Cette irruption provoqua un incident avec Michel, auquel tu joignis ta protestation indignée au nom de la laïcité. Protestation suivie d'effet. Le groupe reçut le surlendemain la visite des adeptes de La Vie libre, groupe d'anciens buveurs, impeccablement non confessionnels, voire rationalistes, qui prônèrent la guérison par les marches en forêt (déjà évoquées) et les excursions en montagne, agrémentées de pique-niques saucisson sec, jus d'orange.

Mais, déjà, la cohésion du groupe vacillait. L'ex-taulard n'écoutait que d'une oreille tous ces bons conseils. Il se livrait, à l'heure des visites, à de longs conciliabules avec un « pote » avec qui il préparait un « coup » dès sa conditionnelle achevée. Myriam avait décidé de boire le champagne avec son amant, un gitan maigrichon, et avec son fils retrouvé pour fêter sa sortie. Ton ami Michel était farouchement décidé à mener une « action alcool » au sein du comité hygiène et sécurité de son entreprise, tandis que Maria Generosa se ratatinait à vue d'œil à l'idée de reprendre des coups chaque soir, même si tu lui avais bien détaillé comment porter plainte.

Les adieux eurent lieu un soir de début janvier, sur le trottoir pluvieux de l'hôpital. Les malades sortants (ne jamais oublier que tu es malade à vie, car « alcoolique un jour, alcoolique toujours ») étaient conviés à une réunion post-cure la semaine suivante. Trois, dont toi, s'y rendirent. Il y avait de la galette des rois et du jus de pomme. C'était « vraiment trop débile », commenta Sofiane. Il en profita pour te glisser : « Dis, madame, tu me les montreras, tes roploplos ? »

17

L'écureuil

Plusieurs fois, tu as entendu murmurer, dans le cercle restreint de ceux qui savaient que tu étais alcoolique, que tu buvais pour oublier. Une explication qui te causait toujours un étonnement profond. Tu n'avais pas du tout le sentiment de chercher à oublier quoi que ce soit. La boisson avait plutôt pour effet de raviver les mêmes souvenirs et de court-circuiter le temps. C'est ça : boire arrête le temps. C'est pour ça que tu ratiocines, que, lorsque tu es ivre, tu répètes trois fois la même chose ou plus. Tout le monde a vu, au cinéma ou ailleurs, ces ivrognes qui racontent à n'en plus finir la même histoire, comme si elle était collée à leurs lèvres tremblantes.

Boire, ce n'est pas oublier. C'est répéter,

rabâcher, tourner en rond, ne pas vouloir lâcher le passé.

Tu te sentais comme un écureuil dans sa roue. Tu agitais tes petites pattes pour faire tourner la roue, sans même convoiter une quelconque friandise. Ce qu'il te fallait, c'était tourner, tourner sans cesse, décrire le cercle qui va du matin sobre au soir aviné, des bonnes résolutions (« aujourd'hui, j'arrête ») à la défaite programmée (« juste un petit verre ») et ainsi de suite, dans une ronde effrénée où tu avais la sensation que tes pattes mouvaient la roue de plus en plus vite, en une illusion de vie et de progrès qui n'aboutissait qu'à un retour douloureux à la case départ, encore et encore, de plus en plus vite et sans jamais briser ce cercle, ce qui te rendait folle et te conduisait à boire encore plus pour continuer à faire tourner cette putain de roue infernale, sans quoi tu ne savais même plus le sens de rien, sans quoi tu t'anéantissais. Et tu te fatiguais. Tu t'épuisais. Tu t'acharnais. Tu mettais une volonté farouche à faire tourner cette roue, sans savoir pourquoi.

Sans doute, au début, as-tu pris ce mouvement pour la fin de l'immobilité létale où tu t'étais réfugiée en imagination auprès du corps sans vie de ton bébé. Alors, souvent, tu avais le sentiment d'être avec lui, couchée, non sous une pierre tombale, mais sous une paroi de verre très épaisse. Tu voyais les vivants vaquer à leurs occupations par-delà cette paroi, mais toi, tu étais de l'autre côté avec le bébé disparu.

Lorsque tu as émergé de cette sidération, tu as trouvé qu'il était agréable et encourageant de faire marcher un petit moulin. Le moulin de la vie quotidienne, le moulin des carnets de notes des enfants que l'on signe, des habits que l'on achète, du travail que l'on reprend et tu t'es mise à frotter tes pieds sur ce cercle, accélérant de plus en plus, presto, prestissimo, comme si cela signifiait le retour à la normalité. Mais pour faire tourner la roue, il fallait boire. Le moteur fonctionnait à l'alcool. Dopée par cette drogue, tu tournais, tu tournais, en te disant qu'il était étonnant que tu manifestes tant de force. Certes, tu sentais bien que ça clochait. D'où tes visites au psy. À l'alcoologue. Et ta cure. Mais la cure avait échoué. Tu avais recommencé à boire quelques mois après. Moins quand même, ce qui n'est pas si mal.

Une des conséquences les plus spectaculaires de ces années en rond c'est ton incapacité à en reproduire la chronologie. Une fois que tu te sentais très mal, tu pris sur toi de dire à mots couverts à ton généraliste que tu redoutais de boire « un peu trop ». Le praticien ne se doutait pas que tu étais alcoolique. Tu n'avais jamais évoqué la question. Tu t'étais gardée de parler de ton séjour en gastro-entérologie. Il ne s'émut pas de ton propos, certain que tu exagérais. Davantage dans le but de te rassurer que par inquiétude réelle, il te présenta un test d'autoévaluation. Ce questionnaire était moins détaillé que celui qui avait marqué ton entrée à l'hôpital. Il comportait un volet chronologique. Panique à bord ! Tes réponses étaient précises jusqu'au 31 janvier 1985, jour de la mort de ton bébé. Puis ça donnait : licenciement économique : juin 1987. Divorce : 1990 (à confirmer). Reprise du travail : vers 1991-1992. Et ainsi de suite. Une catastrophe ! Cela le troubla. Ta consommation quotidienne (cinq ou six verres) lui fit lever le sourcil.

« C'est quand même beaucoup, surtout pour une femme », remarqua-t-il, étonné. Il prescrivit une prise de sang, pour ce qui est de la consommation, et recommanda une psychothérapie pour les failles de mémoire. La prise de sang ne donnait qu'un léger excédent de gamma GT, le marqueur de l'imprégnation alcoolique. Quant à la proposition d'un suivi psychologique, tu esquivas en bredouillant un vague récit tronqué de ton analyse. L'angoisse qui te saisissait lorsque tu devais reconstituer le passé se traduisait aussi vis-à-vis des photos. Tu n'en prenais presque jamais. Les quelques-unes que tu faisais ou celles sur lesquelles tu figurais te plongeaient dans un abîme de perplexité. C'était quand ? C'était où ? Tu tentais des déductions à partir du décor ou des vêtements des personnages. Sauf que donner une date à un tirage papier d'une femme en maillot de bain sur une plage de Corse (où tu allais en famille presque chaque année avant ton divorce) posant près du même rocher gris, avec les mêmes pins parasols, entourée des mêmes enfants blonds en maillot de bain, tenait du rébus. Cette vision évoquait l'immobilité de ta vie. Tu conservais ces rares clichés rangés à la diable dans des boîtes à chaussures. Tu étais incapable de remplir le moindre album. Tu as fait quelques tentatives. Après trois pages, prise de découragement devant les photos empilées dans un ordre indémêlable, tu renonçais.

C'est après l'extinction définitive du XXe siècle que tu as recommencé à regarder en arrière. Et même (un peu) en avant. À te regarder à nouveau. À te voir, à califourchon sur ta roue d'infortune. Tu n'étais pas sortie d'affaire. Mais tu entrevoyais la ligne du temps. Tes garçons venaient de quitter la maison pour commencer leurs études supérieures. Tu avais été licenciée d'un travail, mais le fait de chercher de nouvelles collaborations t'avait stimulée. Tu venais de rompre avec Simon, ce qui te libérait d'une liaison usée. C'est aussi l'année où tu as vendu ta grande maison de banlieue en meulière. Tu pris cette décision parce que tes revenus étaient moins importants et que tu redoutais de t'endetter. L'autre motif était que tu n'avais plus que ta fille avec toi et que l'ancien pavillon était devenu trop vaste pour deux.

Tu achetas une maisonnette, toujours en

banlieue, dans un quartier vert et tranquille. Trois pièces, un garage dont tu fis une petite chambre, un jardin de poche mal entretenu, que tu rendis aimable.

Ces raisons étaient pertinentes, mais leur énoncé est incomplet, penses-tu aujourd'hui. Tu voulais aussi t'éloigner de la cave à vins de l'ancienne maison, symbole de trop de défaites.

Tu poursuivis encore quelques années ton manège circulaire, mais de façon moins frénétique.

Une amie à qui, depuis, tu as raconté cette période, a dit : « Je suis stupéfaite de tant d'énergie. » Toi aussi. Tu as du mal à comprendre, à ce jour, comment tu as pu faire tourner cette roue, sans succomber à une maladie grave, sans interrompre ton travail ni cesser de t'occuper de tes enfants pendant plus de quinze années qui sont pour toi comme un seul et même jour, un seul et même laps de temps sans cesse répété, sans issue, sans la moindre ouverture, sans aucun répit, sauf que parfois, le cercle tournait moins vite. Ce pouvait être des vacances, des baignades, des promenades à cheval, le baiser léger de l'un de tes enfants, un cadeau de fête des Mères, un bal, un amant de passage, un poème que tu écrivais, le vol des hirondelles, que tu contemplais en extase, tête renversée, assise dans ton jardin.

18

Le repas de famille (ter)

Tu as installé deux rallonges à ta table ovale. Lorsque tu procèdes ainsi, la table doit être étayée par une sorte de planche munie de pieds supplémentaires, sinon ça fait un creux. Ce dispositif signifie que l'occasion est grande et les convives nombreux. Pour ce Noël 1999, tu as en effet invité toute la famille, donc ta mère. Or ta mère est une grande prêtresse des bonnes manières et de l'art de recevoir et tu veux lui montrer que tu es à la hauteur. Elle vient pour la première fois dans ta nouvelle maison. Elle désapprouve que tu aies vendu l'autre. Elle pense que tu t'appauvris. Elle réprouve que, selon l'expression en usage dans la famille, « tu manges le capital ». L'ancienne maison, le solide pavillon en meulière, dans une rue sans âme d'une banlieue ni riche ni pauvre, avec ses six pièces qui en faisaient en quelque sorte la gloire de la rue, avait toutes ses faveurs. La nouvelle avec ses trois pièces et son petit jardin lui fit l'effet, déclara-t-elle tout de go en débarquant du taxi, vêtue de sa pelisse imperméable fourrée de loutre, d'une loge de concierge.

Ma foi, va pour la loge. Tu es décidée à ne pas te mettre en colère. Tu t'es donné du mal, pour la décorer, ta maison de poche ! Il n'y manque pas un bouton de guêtre. Le sapin, la couronne sur la porte d'entrée. Tu as dédié ta chambre à ta mère. Ton fils aîné occupe la petite chambre que tu as aménagée dans l'ancien garage, le cadet doit dormir avec sa sœur dans l'autre pièce. Tu as décidé de te contenter d'un matelas sur le palier du premier étage.

Tu sais maintenant, après une cure de désintoxication et une rechute plutôt contrôlée, que tu dois surveiller ta consommation d'alcool. Tu vas mieux, dans l'ensemble. Chaque soir, tu vas à l'épicerie et tu achètes deux canettes de bière, des grandes. Cela signifie que tu bois un litre par jour. C'est trop, mais moins qu'avant.

On dit que les alcooliques ne déclarent que la moitié de ce qu'ils boivent. En ce qui te concerne, c'est désormais inexact. Tu as appris à avouer sincèrement ce que tu bois. De la phase de déni, tu es passée à une étape un peu ridicule, mais sans doute nécessaire : tu proclames *urbi et orbi* à tous tes proches que tu es alcoolique. Ça les fait rire que cette dame de cinquante-quatre ans, pleine de joie de vivre, s'exprime ainsi. La plupart n'en croient pas un mot. Les plus intimes pensent que tu exagères, que maintenant tu es « guérie ».

C'est fou ce que ça gêne pour tenir le coup, cette incrédulité et cet aveuglement de l'entourage ! Nos contemporains sont si fragiles, dans l'ensemble, si déstabilisés par les difficultés sociales, les scandales, la perte de repères, comme disent les magazines, qu'ils ne veulent pas s'embarrasser de désagréments supplémentaires. La méthode Coué joue à fond. Il faut être heureux, équilibré, en bonne santé. À défaut, l'impératif catégorique général est de « positiver ». Que de ravages peut faire cette idée, au départ pleine de bon sens, lorsqu'elle se transforme en un nouveau conformisme. Combien elle entraîne d'hypocrisie et comme elle gâche parfois la qualité des relations humaines !

Surtout qu'il y a quand même des dérapages. Les repas de famille sont le moment le plus propice à ces débordements. Comme dit ton fils aîné, « ce sont des beuveries organisées ». En alcoolique, dont plusieurs repas de famille ont été des fiascos retentissants, tu fais très attention. Tu prépares le repas sans acheter ni boire aucun alcool. Tu attends le dernier moment pour aller chercher les vins et le champagne. Tu restes de bois dans l'attente des invités. Tu n'ingères pas une goutte. Tu ne bois rien avant que le premier invité ait trempé ses lèvres dans le premier verre.

Les enfants, qui sentent tout, ont compris que tu étais sobre. Ils se détendent. Les amis, ceux qui sont au courant, et les autres, se réjouissent. Le repas commence. Une polémique s'engage sur les marées noires. Tu écoutes avec intérêt, tu réponds avec mesure. C'est bien parti, tu te détends. C'est alors que tu entends ta mère, élégamment vêtue d'un pull noir orné de strass, s'exclamer à la cantonade : « Vraiment, ma fille, j'ignorais tes talents cachés. Tu cuisines vraiment bien. Mais où donc as-tu appris ainsi à cuisiner ? »

Résumons : tu as cinquante-quatre ans, tu as élevé trois enfants, tu as réussi à te maintenir à flot, tu as, vaille que vaille, préservé une certaine qualité dans la vie quotidienne de ton foyer à parent unique. Or voici que ta mère, qui devrait (penses-tu) savoir tout cela, s'exclame d'une voix de petite fille étonnée qu'elle ignore que sa fille sait cuisiner. Ce compliment, qui se voulait sans doute sincère, tu le prends complètement de travers. C'est souvent les malentendus qui gâchent tout. Pour voir rouge, tu vois rouge. Les vieux ressentiments surgissent. Tu files à la cuisine où tu ingurgites au moins quatre verres de bourgogne bien tassés. Tu reviens dans la salle à manger en essayant de te contenir. Tu relances la conversation sur l'*Amoco Cadiz*. Peine perdue. Ta mère continue à vanter tes surprenants dons culinaires. Alors, tu perds tout contrôle. Tu retournes dans la cuisine et tu achèves de boire la première bouteille cul sec. Tu rentres dans la salle à manger. Tu tiens à peine debout. Tu es ivre d'autant plus vite que tu bois moins depuis quelques mois. Tu te mets à parler dans un brouillard. Tu as dû prononcer un monologue d'au moins une demi-heure (tu ne t'en souviens plus très bien), en reprenant tous tes griefs un par un. Tu remarques vaguement les mines consternées de tes enfants et des autres invités. Ta mère fait semblant de ne pas écouter. Elle essaie de lancer un autre sujet de conversation, elle fait diversion ! Comme si on pouvait faire cesser cet esclandre.

Ensuite tu te tais. Silence général. Tu montes en trébuchant l'escalier conduisant à l'étage. Tu t'écroules sur le matelas que tu as installé sur le palier. Tu n'as aucune idée de la façon dont la soirée s'est terminée. Tu as dormi. La grande tempête de 1999 s'est levée.

Tu n'as rien entendu, pas même les volets qui battaient. Lorsque tu t'es réveillée, les arbres de ton avenue étaient presque tous couchés au sol. Il faisait froid. Le chauffage et l'électricité étaient coupés. Ta mère avait laissé un mot : « Je suis allée à la gare en taxi. »

19

Conseils de comptoir

« Faites attention ! Vous en êtes au quatrième verre. Vous ne prenez pas votre voiture au moins ? » « Vous devriez être plus vigilant. Un verre en entraîne un autre, et après c'est l'escalade. » « C'est un peu tôt pour l'apéro, non ? » « Voyons, vous ne tenez plus debout. Rentrez chez vous ! » Qui donne ces sages conseils d'une voix aimable et ferme ? C'est toi.

Au comptoir, dans un café où tu viens chaque soir boire une bière et une seule, tu ne te gênes pas, depuis quelque temps, pour parler à tes voisins, généralement du sexe masculin. À part toi, les jours ordinaires, vers 19 heures, en fait de beau sexe il y a une ou deux jeunes femmes du style « un café, un verre d'eau », une inamovible jeune fille avec un piercing sur la narine et une ivrognesse patentée que le patron chasse parfois par charité. Côté messieurs, des hommes d'affaires fatigués qui se détendent avant de rentrer au foyer conjugal, quelques quadragénaires au verbe haut, dotés de cabriolets ou de 4 × 4, l'air conquérant des enrichis. Ils ne sont pas alcoolos. Pas encore. Certains n'en sont pas loin. Tu devrais les prévenir, mais tu n'es pas assez jeune et sexy pour retenir leur attention. Tu abordes plus facilement les patients d'un centre de désintoxication de luxe, pudiquement nommé maison de repos, dont, en connaisseuse, tu comprends qu'ils tentent de trouver savoureux les Vichy menthe à l'occasion de leur permission de sortie. Tu leur adresses un petit signe de reconnaissance qui signifie « je suis passée par là ». Parfois tu articules « bon courage », pas trop fort pour ne pas les humilier.

Le groupe compact et bruyant des ouvriers et contremaîtres portugais, franco-portugais, italiens ou français, férus de maçonnerie et de football, occupe le plus souvent presque toute la place. Tu dois t'infiltrer dans cette masse masculine bedonnante et bruyante. Dans ces conditions, il est difficile de faire davantage que commander ta bière, la vider et partir. Ils t'aiment bien. Ils disent toujours : « Bonjour, madame » et « Au revoir, madame ». Pour eux, tu es « la petite bonne femme qui vient boire une bière après son travail ». Tu observes que, dans ce type de confrérie masculine, on parle d'alcool comme de cul, en plaisantant. Ce qui donne, pour commander un pastis : « Marcel, encore une citronnade ! » Et du vin rouge : « Marcel, qu'est-ce que c'est que cette grenadine ? Sers-moi quelque chose de meilleur ! » Ils claironnent aussi : « J'en téterais bien un autre. » Sans compter le classique : « J'offre la tournée. » En mode grivois, tu entends : « J'en connais une qui va dérouiller ce soir » ou, plus tendre : « J'en connais une qui va être contente ce soir. » Le tout se conclut par l'inévitable : « Un dernier pour la route. » En dépit de vos relations courtoises, tu ne te sens pas le coffre de faire une remarque sur le contenu de leurs verres. Ils pourraient rapidement changer de ton.

Outre Marcel, il y a un autre serveur, Paul. Tu le vois moins souvent, parce qu'il termine son service vers 18 heures. Cet horaire est nouveau. Pas pour toi, qui habites le quartier depuis peu, mais pour les habitués. Paul est une figure locale à cause de sa trogne fleurie, de sa bonhomie, de ses grosses moustaches relevées en coin. Il a son portrait, peint à l'huile par un client artiste. Il porte un grand tablier bleu de serveur à l'ancienne, comme sur ce portrait. Quant au client qui l'a représenté, il est en photo au-dessus du bar. Cette image évoque à chacun le fait qu'il est décédé prématurément d'une cirrhose.

Si Paul a modifié cet horaire, c'est un peu à cause de cette photo. Son médecin lui a appris, après examen, que son foie n'était guère mieux portant que celui du défunt. Il s'est ensuivi une cure de désintoxication et une période d'abstinence, qui dure encore officiellement. Le serveur repenti travaille l'après-midi, lorsque les clients commandent plus souvent du thé que du vin. Las ! Au fil des jours, Paul a repris ses habitudes. D'une façon feutrée. Tu as remarqué son verre personnel à l'angle de la machine à café. Mais tout le monde fait comme s'il ne voyait rien. Le service terminé, il lisse ses moustaches légendaires et s'en va d'un pas lent et désinvolte au café-tabac de l'autre côté de la rue où il ingurgite un nombre respectable de bières. Je le sais pour y acheter mes cigarillos.

Ceux avec qui tu engages la conversation, ce sont les alcooliques d'environ cinquante ans, au visage marqué par des déceptions multiples : divorces, préretraites, licenciements, tentatives avortées pour se mettre à son compte, deuils. Ils sont taciturnes, mais dignes. Ils ne veulent pas montrer ce qui les taraude. Ils commandent leur deuxième ou troisième verre avec discrétion. Ils sortent parfois à la recherche d'un autre estaminet pour ne pas écorner leur réputation. Ceux-là, à tous les coups, ils apprécient que tu leur parles. De tout, de rien. Embouteillages sur le périphérique. Dépression océanique. Roland-Garros. Inauguration d'une stèle en l'honneur de l'ancien maire. De là, tu glisses doucement : « Vous buvez pas mal. Vous savez, je sais ce que c'est. » Ce « je sais ce que c'est » est ton sésame. Tu as leur oreille. Ils se disent (tu lis dans les pensées) : « Tiens, voici une petite dame souriante et bien sous tous rapports qui sait ce que c'est. »

Pourquoi fais-tu cela ? Pour te couvrir ?

Non. Ton art du camouflage ne va pas si loin. Pour te déculpabiliser ? Non plus. Tu n'as pas honte d'être alcoolique. En un geste militant ? Tu n'appartiens certainement pas à l'aile activiste d'un groupe antialcoolique ! Pour la drague ? Aucunement. Si tu cherches un ami, tu lui parles d'autre chose que des pièges du vin rouge et du Casanis. Tu le fais comme ça. Par instinct. Tu t'exprimes brièvement, à voix plutôt basse. C'est un échange rapide, parfois répété pendant plusieurs jours, mêlé à d'autres propos. Comme un signe d'amitié. Pour qu'ils sachent qu'ils ne sont pas seuls dans leur lutte contre l'alcool. Pour qu'il y ait, à tout le moins, un dialogue, une parole, et non l'odieux silence des maladies honteuses. Pour un gramme de réconfort. Parce que, depuis quelque temps, tu bois moins. Et que lorsque tu oses t'exprimer ainsi, pour un moment, il passe autour du comptoir comme un vent frais, un discret parfum de liberté.

20

La première gorgée

Elle flotte dans ta tête comme un vilain rêve qui traîne, un nuage importun, une idée grise. Tu ne veux surtout pas y penser, tu te concentres sur autre chose, travail, choses à faire, gens à voir. Tu te remplis la tête, tu t'encombres le cerveau, tu passes le temps, tu accumules les tâches. Un article à écrire, une interview à conduire, un coup de téléphone à donner, deux, dix coups de fil, et un autre article, et la voix intérieure qui t'encourage : « Déchiffre tes notes, fais un plan, organise tes informations, préviens le journal, ça te mènera bien jusqu'à 11 heures, 11 h 30. »

À ce moment se situe la première épreuve. Vers 11 h 30, la pensée revient comme une mouche obstinée qu'on pensait avoir réussi à faire sortir de la pièce et dont le bzzzz se manifeste à nouveau. La pensée revêt alors une forme innocente et benoîte. C'est une pensée que des milliers de gens doivent avoir en même temps que toi et qui dit : « Pourquoi pas un petit kir bien frais, pour te récompenser d'avoir si bien travaillé ? »

Heureusement que tu ne détiens à la maison (c'est là que tu travailles) ni vin blanc ni crème de cassis, ni d'ailleurs aucune autre espèce d'alcool. Tu n'as plus ta cave à vins en calcaire, car tu as changé de maison. Ta nouvelle maison a aussi une cave, plus petite, où tu ne conserves aucun alcool. Ce n'est pas une cave à vins, mais à valises, à cartons et à vieux habits. Tu connais le coup par cœur, on ne te le fait plus. Alors, tu serres les dents, tu essaies d'oublier qu'il suffit de prendre la voiture ou de marcher le long de l'allée pour arriver au comptoir où une grappe d'êtres humains boit des kirs frais, des pastis, des sauvignons et des côtes-du-rhône : « Et pour la petite dame, ce sera ? »

Donc, pas de ça. C'est fini, ces histoires. Ce n'est quand même pas pour rien que tu as fait une cure en mettant tes gosses sens dessus dessous, en passant trois semaines dans une salle enfumée avec des ivrognes. Aussi, tu finis l'article en cours, tu ranges ta documentation, tu téléphones à tes enfants (qui vont mieux depuis, bien qu'ils fument beaucoup de cannabis). Tu vas chercher le courrier dans la boîte aux lettres, tu enlèves les feuilles fanées des géraniums de ton nouveau jardin, tu prends dix minutes de repos bien mérité (quand on travaille chez soi, il faut organiser ses pauses). Vers 12 h 30, tu prépares un repas, tout en te disant qu'un petit quart de vin avec ça serait délicieux, mais comme il n'y en a pas une goutte dans la maison (ainsi que tu te le répètes), tu résistes à l'envie de prendre ta voiture pour aller à l'épicerie du coin acheter une bouteille avec n'importe quoi d'autre pour donner le change, comme tu l'as fait souvent dans le passé : « Et pour madame, du riz et un côtes-du-rhône, quatre euros trente », déclare le marchand avec un sourire poli et ambigu.

Tu déjeunes sans vin et, le dessert fini, tu te sens mieux, la mouche est partie, elle a dû sortir par la porte ouverte quand tu étais au jardin, tu fumes un cigarillo (ça chasse les insectes, au cas où elle serait restée dans un petit coin). Tu regardes un peu la télévision et tu reprends le travail. Alors que tu es installée devant le canevas de ton article, la pensée revient avec la force d'une éruption de mousse lorsqu'on libère la capsule : « Une petite bière pour te donner du courage avant d'écrire. » Comme tu as bien pris soin de ne pas avoir de bière non plus à la maison, tu attends encore et tu te mets à écrire.

Tout cela pourrait s'être passé autrement. Tu aurais bu un kir, car il restait du vin blanc et un peu de crème de cassis de l'invitation d'hier soir et ensuite tu aurais fini la bouteille de blanc sans cassis. Ou encore tu serais allée chez l'épicier qui t'aurait vendu du bordeaux et une boîte de thon, ou tu serais allée au comptoir boire un kir, puis à un autre comptoir, un autre kir. Ou encore, tu aurais ouvert la bouteille que tu gardais à la cave pour tes invités de demain et tu en aurais bu deux verres si bien qu'il aurait fallu la finir et en acheter une autre, car « on ne présente pas à ses amis une bouteille entamée, alors qu'au contraire il faut toujours avoir entamé le fromage », ainsi que ta mère te l'a appris.

Aujourd'hui, pas de ça. Il est 15 heures. Tu travailles dur, tu alignes des pages et des pages, tu trouves des formules, des exemples, des mots bien choisis. Tu fouilles dans ton dictionnaire analogique pour que ce soit encore plus percutant, tu vas regarder ton dictionnaire orthographique pour un participe passé compliqué, et tu travailles, et tu travailles, et tu n'as toujours rien bu.

Tu réponds au téléphone, tu reçois des mails, tu en envoies, et pan ! Tu plantes ton ordinateur, et tu vois qu'il est 16 h 30. Il faut téléphoner au service après-vente, une chose détestable, usante, avec la musiquette censée te faire patienter et les « répondants » qui n'ont pas le même appareil que toi sous les yeux, car ils sont en Tunisie dans un centre d'appel et te disent : « Allô, ici Bernard, qu'y a-t-il pour votre service ? »

« Et si tu buvais une petite bière avant ? » dit la pensée qui est revenue envahir tout ton champ de conscience. Tu la repousses encore, car vu qu'il faut aller chez l'épicier (puisqu'il n'y a pas de bière à la maison), tu vas devoir appeler le SAV à l'heure de pointe quand, comme par un fait exprès, tout le monde a besoin de conseils. Donc tu téléphones et tu remets le truc d'aplomb après environ trois quarts d'heure de manœuvres épuisantes (et trois interlocuteurs successifs, Bernard, Joëlle et Cyril, soit Rachid, Aminata et Hocine).

Ou, une autre fois, alors que tu aurais été au téléphone, tu aurais déjà ingurgité cinq bières, sans compter les deux kirs du matin, car tu avais quand même un peu de blanc à la cave, ou tu serais allée en courant à l'épicerie acheter un gaillac et du beurre, ou tu aurais filé chercher du pain, non sans acheter une bouteille de porto (chez un autre épicier, celui qui est sur le chemin de la boulangerie). Alors tu te serais montrée agressive au téléphone avec ce jeune homme tunisien, prétendument français, qui ne cesse de te répéter : « Allez dans Préférences et cliquez sur Remote access », et tu lui aurais dit d'aller un peu moins vite, et que tu sais très bien qu'il s'appelle Rachid et pas Bernard, sur quoi il aurait appelé son chef (il dit son « manager ») qui t'aurait fait tout recommencer, y compris la saisie des paramètres que tu as déjà entrés mille fois.

Mais, aujourd'hui, tu vois venir 17 heures et tu n'as encore rien bu. Non, tu n'as pas fini la bouteille des invités, tu n'es pas retournée à l'épicerie acheter exactement la même et la remettre à la cave, ni vu ni connu. Tu n'as pas non plus acheté du Martini et du porto sous prétexte que tu as oublié l'apéritif pour demain (« ça ne se fait pas de n'offrir qu'une variété d'apéritif quand on reçoit », dit ta mère). Tu as fini ton travail, tu as dépanné ton ordinateur, tu as imprimé encore quelques lettres et tu n'as rien bu.

Tu fermes ton ordinateur, tu mets ton courrier sous enveloppe, tu ranges soigneusement tes documents et la pensée te susurre : « Maintenant, je boirais bien une petite bière. » Donc, là, tu pourrais dire à ta fille : « Je vais te chercher un goûter, chérie. » Non, tu ne dis pas ça ; ça, c'était avant, quand tu avais déjà bu trois kirs et six bières, non c'était hier, non c'est demain, mais ce n'est pas aujourd'hui, aujourd'hui tu n'as rien bu.

Aujourd'hui, tu as mis une lessive en route et regardé les titres du journal, tu as rangé le linge repassé par ta femme de ménage Custodia, tu as donné deux coups de fil oubliés sur l'agenda, tu as balayé les gravillons dans le jardin et il sera 18 h 30 et tu n'as rien bu. Alors, tu prends ton manteau et tu sors comme une voleuse. Tu vas en courant au bistrot (en fait, tu cours sur la partie du trajet qui passe dans les petites rues désertes, mais tu marches posément dans l'artère commerçante pour qu'on ne remarque pas ta hâte). Tu entres. Tu te mets au comptoir. « Et pour la petite dame, comme d'habitude ? » Tu dis : « Oui, merci », et elle est là. La bière, dans le verre renflé, avec son col de mousse qui déborde sur le rond de carton. Tu bois la première gorgée, ambrée, dorée, délicieuse. Aujourd'hui comme les autres jours, comme tous les jours.

21

La fête à l'envers

Il y a quelques semaines, tu as été invitée à une fête de famille. Une profession de foi. Il y avait environ trente invités de toutes les générations. C'était à la campagne, en Bourgogne. La fillette qui allait s'engager devant Dieu était vêtue d'une aube blanche. Les autres portaient des jupes ou des jeans avec des bottes. Les garçons, des shorts neufs, avec le pli du repassage bien marqué, et des chaussettes hautes. Les adolescents avaient accepté de porter des pantalons pas trop bas sur les hanches, mais n'avaient pas renoncé aux baskets en dépit d'une négociation animée avec leurs mères. Les jeunes femmes avaient des jupes amples et des T-shirts imprimés de couleur ou garnis de petites perles. Les femmes plus mûres avaient préféré des tailleurs à veste unie et jupe longue.

Les messieurs étaient en costume ou, à tout le moins, en pantalon sombre et chemise blanche. Chacun était à son avantage.

Sous un vaste auvent de bois, comme on en voit dans les fermes de cette région, les maîtres de maison avaient dressé des planches sur des tréteaux, recouvertes de nappes de papier décorées de fleurs en crépon. Il y avait des gobelets en plastique, des arachides dans des coupes. C'était pour le vin d'honneur.

À l'intérieur, sur la longue table de la salle à manger, on avait disposé une nappe Nydel neuve, les assiettes de porcelaine, les verres à pied et les couverts en argent du service de mariage. À l'un des bouts, le couvert était mis pour les plus jeunes, avec des assiettes et des gobelets en plastique.

Les fleurs commençaient à éclore, le gazon était dru. Certains invités, comme toi, étaient arrivés la veille. Ils donnaient un coup de main pour présenter les entrées, transporter des bouteilles, rapprocher des sièges. Des cousines ajustaient l'une l'autre leur maquillage. On préparait les voitures pour aller à l'église en y accrochant du tulle. Il ne fallait pas oublier le gros cierge gravé, ni la corbeille de fleurs que la famille voulait déposer au cimetière au retour, afin que les défunts aient leur part de la fête.

Tu avais décidé de faire très attention à ne pas trop boire. Tu n'étais pas allée dans le buffet aux apéritifs avaler la moindre gorgée. Tu es montée sagement en voiture, tu as transporté des gens qui s'entassaient au petit bonheur la chance là où il restait de la place et tu as écouté la messe dans l'église fraîche, bien que tu ne sois pas croyante. Les communiants ont fait le tour de l'église, leur cierge à la main, les visages recueillis. Il y en avait de tout petits, encore galopins, des fillettes minuscules à tresses, de grands dadais dont les Adidas dépassaient de l'aube trop courte, des perches qui ressemblaient à des mariées, des nymphettes ornées de tresses africaines où l'on avait piqué des perles.

Ensuite, il y eut la séance photo sur les marches. Elle dura longtemps, car il fallait que tout le monde fasse un duo avec la communiante ou prenne la pose avec son père, sa mère, sa petite sœur, l'oncle Bernard et la tante

Fernande. Tu en fus. Tu souris. On remonta en voiture dans un concert de klaxons.

Deux personnes n'étaient pas venues à l'église. C'était un couple d'amis qui s'était chargé de préparer le repas, lui, Justin, ex-cuistot, et sa femme, « le cœur sur la main », toujours prête à rendre service. Lorsque tu descendis de voiture, tu compris sur-le-champ, à son sourire forcé de bienvenue, que Justin avait déjà pas mal picolé en faisant rôtir les perdreaux. La maîtresse de maison convia les invités à prendre l'apéro, moment choisi pour la remise des cadeaux. La communiante déchira avidement le papier kraft mal scotché qui cachait le vélo qui lui fut offert d'abord. Elle ôta son aube pour être à l'aise afin d'étrenner sa bicyclette. Elle freina et stoppa en faisant crisser les pneus pour mettre au poignet la montre en or que tu avais achetée. Elle regarda en vitesse les sweat-shirts, bijoux, DVD et jeux vidéo en distribuant des bisous distraits et s'évada bientôt dans un autre coin du jardin avec ses copines, tandis que les adultes buvaient le pastis, le vin cuit, le whisky et le Cinzano.

La conversation s'animait. Tu appris que

Justin était un sidérurgiste au chômage, rongé par l'alcool (tu l'avais déjà constaté) et que son coup de main était en fait une prestation rémunérée. Tu découvris, du même coup, que sa femme l'aidait pour pas un kopeck, étant donné qu'elle était « un peu simplette ». Les verres se vidaient, ils faisaient des ronds quand on les reposait sur le papier et ce papier se rétractait, dévoilant le bois de la table. Tu bus un kir. Tu appris, par une parente, que l'oncle et la tante de la communiante n'habitaient ensemble que pour la façade. Ils avaient « chacun quelqu'un ».

Le temps filait. Les confidences allaient bon train. Les verres se remplissaient et se vidaient. Les visages prenaient de la couleur. Les gestes se faisaient imprécis ou, au contraire, affectés. Les gens se palpaient. S'embrassaient sans raison. Larmoyaient. Justin faisait des allers et retours à la cuisine. Il riait beaucoup. Il pelotait sa femme. On te proposa un deuxième kir. Tu refusas.

Ceux qui n'étaient conviés qu'au vin d'honneur prirent congé. Une voix proposa de passer à table. La compagnie se déplaça vers la salle à manger. Dans le brouhaha du repas, tu écoutais distraitement les conversations. Tu te concentrais sur ta décision de ne pas boire et tu répondais laconiquement.

Ça repartait sur ce « pauvre Justin qui n'avait toujours pas de travail et sur sa femme si dévouée qui venait plus d'un soir par semaine le chercher au bistrot quand il était cuit ». La tante de la communiante racontait à son tour qu'avec son mari ils étaient « comme frère et sœur », mais qu'elle avait « trouvé ailleurs ». Elle entrait dans certains détails corsés à propos de sa liaison tout en réclamant du rouge, car « je ne supporte que ça, le rosé me donne mal à la tête, ne parlons pas du blanc ». Elle expliquait aussi qu'elle était devenue végétarienne, comme son amant, raison pour laquelle elle avait boudé les perdreaux. Les plats passaient, les verres étaient pleins à peine vides, remplis par des serveurs aussi bénévoles que zélés. « Mais, qu'est-ce que je vois là, cousine ? Un verre vide ? On va réparer ça ! »

Tu ne sais plus exactement quel « cousin » t'a dit ça. Le résultat fut hors de proportion avec la phrase. Tout bascula. Ce fut comme si la table et tous les commensaux avaient été collés à l'envers à leur chaise ; les mets, les bouteilles et les couverts ressemblèrent à ces leurres en carton dont on se sert au théâtre, solidement fixés à la nappe, celle-ci hermétiquement collée à la table. Tout se retourna, la fête se renversa. De ce point de vue inhabituel, tu découvris un spectacle inouï : des trognes rouges, des bouches distordues, des yeux chassieux, des entrecuisses humides, des sous-vêtements moites, des ourlets mal cousus, des ventres ballonnés... Tout se rapetissait pour former un tableau grotesque avec de minuscules personnages à la Breughel ou, au contraire, un seul visage se dilatait, pour former un portrait halluciné comme tu en avais vu au musée royal de Bruxelles lors d'une exposition dédiée à James Ensor.

Était-ce un malaise ? Physiquement, non. Tu n'étais pas du tout malade. A fortiori pas ivre, puisque tu n'avais bu qu'un kir. Soudain, cette bouteille penchée vers toi tout à l'heure, cette bouche qui disait : « On va réparer ça ! » te parurent obscènes. Tu refusas presque dans un cri : « Merci, j'ai assez bu ! », et tu restas là, isolée dans la fête qui battait son plein, stupéfaite devant cette assemblée gagnée par l'ivresse, mangeant, parlant, crachant, éructant, riant, gesticulant. Les taches de vin et de graisse coulaient sur la nappe Nydel. On les épongeait avec des rouleaux de papier dont les morceaux chiffonnés formaient d'immondes monticules, tandis que les bouteilles arrivaient encore et encore, comme crachées par une bouche d'enfer…

Des groupes se formaient. Les confidences étaient de plus en plus précises. On échangeait des secrets. La télé s'alluma. Quelques-uns regardèrent une émission de sport en détournant leurs chaises. Les cendriers débordaient. Quelques invités allaient « respirer un coup » dans la nuit qui tombait. Ils rentraient les chaussures couvertes de l'humidité du crépuscule. La communiante était dans sa chambre avec ses copines. Elles regardaient un DVD. Elles ne voulurent pas descendre pour la pièce montée. Tu pris congé vers 1 heure du matin.

Ces épisodes se sont répétés de plus en plus souvent. Au cours d'un réveillon, tu arrêtas net de boire rien qu'à la vue du plateau de fruits de mer à demi dévoré, avec les carcasses des crabes et leurs pattes écrasées, les têtes des crevettes en tas, le citron à demi pressé. Il était entouré d'une couronne formée par les assiettes en carton maculées de mayonnaise, les bouteilles vides, les bougies coulantes et poisseuses. Dans un troisième cercle, les humains braillaient, riaient, gloussaient.

Malgré ça, les jours suivants, tu reprenais tes chères habitudes.

Épilogue

Depuis quelque temps, je réussis tous les repas de famille. Le plus souvent, je ne bois que de l'eau lors de ces agapes. Parfois, un verre ou deux. Je bois « comme avant », c'est-à-dire en goûtant le vin, en appréciant son bouquet, et non goulûment en me fichant comme de l'an quarante et du cépage et du degré.

Je ne tombe plus dans les escaliers. Je ne conduis plus en état d'ivresse.

Mais je ne suis pas abstinente.

Je suis désolée de priver mes lecteurs d'un happy end et de décevoir les thérapeutes de toutes obédiences. Je mesure la responsabilité morale qui m'échoit de ne pas conclure par un éloge du tout ou rien (en l'occurrence, du rien), alors que tant d'hommes et de femmes – je pense surtout aux femmes – attendent une réponse claire qui les délivre de leur angoisse.

Je ne peux adhérer au programme des Alcooliques anonymes qui, tout en affichant la plus grande tolérance pour ceux qui ne partagent pas leurs opinions, postulent, dans la deuxième des « douze étapes » de leur programme : « Nous en sommes venus à penser qu'une puissance supérieure à nous-mêmes pourrait nous rendre la raison » et dans la troisième : « Nous avons décidé de confier notre volonté et nos vies aux soins de Dieu, tel que nous le concevons. » Je ne crois pas en Dieu, sous aucune forme. Cette expérience ne m'y incite nullement.

Bien que je respecte leur démarche, et que je sois plus à l'aise avec eux, je ne me sens pas davantage en accord avec les mouvements laïcs d'anciens buveurs. Eux aussi postulent que la maladie ne peut que s'aggraver et que seule l'abstinence permet d'enrayer cette progression.

Ces attitudes, dictées par une longue expérience que je me garderai de dénigrer, ne sont à tout le mieux, me semble-t-il, que des réponses provisoires et incomplètes. Je me borne à poser des questions, dont je ne détiens pas la réponse. Pourquoi, de toutes les addictions, seul l'alcoolisme est-il soumis à l'injonction d'abstinence totale et à vie ? Cet impératif catégorique à notre usage n'est-il pas trop paradoxal ? D'un côté, on nous inculque la certitude d'être malades à vie, de l'autre on nous demande de nous soumettre à l'abstinence totale. Pourquoi, puisque rien ne peut me guérir, me demande-t-on l'abstinence ? Pour sauver mon foie. Ou mon tube digestif. L'argument de la santé est, en l'espèce, le seul recevable. Mais, pour ceux qui, comme moi, n'ont pas d'affection hépatique et boivent trop peu pour se mettre en danger, que vaut l'argument, sinon sous la forme sommaire d'une épée de Damoclès ? Au moins propose-t-on aux tabagiques des patchs à la nicotine, aux héroïnomanes des produits de substitution avec un succès certes contesté, mais avéré. Pour nous, aucun médicament, aucune esquisse de traitement. L'abstinence, l'abstinence. Un peu comme la saignée au XVIIe siècle.

La recherche fondamentale sur les autres addictions est-elle plus avancée que celle sur l'alcoolisme, pourtant culturellement et statistiquement plus répandu et dont l'enjeu de santé publique est tout aussi important ? Ceux qui souffrent d'autres dépendances sont-ils mieux organisés ? Le fait qu'elles favorisent la transmission du virus du sida a-t-il conféré à certaines un droit de priorité sanitaire ? Pourquoi, en ce qui concerne l'alcool, a-t-on tant de mal à sortir du bâton de l'alcootest au volant et de la carotte d'un perfectionnement spirituel (ou moral) qui stipule, même de façon non dite, que l'alcoolisme reste, en définitive, un vice ? Pourquoi réserver aux alcooliques le terme d'abstinence, par ailleurs employé dans les seuls registres religieux et sexuel ?

Si j'ai choisi une autre voie, c'est parce que cette perspective ne m'a pas aidée. L'abstinence est, peut-être, pour certains, le terme d'un travail approfondi sur les raisons qui les poussent à boire, mais je trouve maladroit et inopérant de la présenter comme un but. Roublard comme il est, un alcoolique trouve mille moyens de contourner l'injonction. Il peut même en tirer prétexte pour prétendre que c'est trop dur pour lui. Certes, on lui présente la chose avec finesse. Les groupes d'anciens buveurs recommandent de se fixer un horizon facile « un jour après l'autre ». Mais ne remplacent-ils pas l'obsession du boire par celle du non-boire ?

J'ai eu l'occasion de constater certains effets de l'abstinence totale. J'ai une amie alcoolique, maintenant abstinente. Elle a des visions. Elle voit surgir devant elle une bouteille de rosé où perle une légère buée, se dresser un flacon de cognac jaune d'or dans son verre renflé ou se remplir un verre à whisky recouvrant peu à peu les glaçons. Supplice de Tantale, jour après jour. Quel succès ! En fait, les taux de rechute ne sont pas vraiment affichés. On m'a même assuré, sans rire, que « plus tu rechutes, mieux c'est, car, à chaque rechute, tu progresses ». Ne parlons pas de ceux qui sont passés au cannabis, à la cocaïne ou à d'autres substances et cocktails plus ou moins dangereux. J'ai un copain comme ça. Chaque fois qu'il me voit, il claironne le nombre de jours depuis lesquels il est « abstinent ». Il a dépassé les cinq ans. Il ne ment pas, croix de bois. Il n'y a aucune raison que ça s'arrête, vu qu'il a les pupilles dilatées chaque fois que je le rencontre. L'autre jour, il a prétendu que c'était l'air frais qui lui piquait les yeux en moto !

Dans cette forêt de doutes, j'ai opté pour ce que certains qualifieront sans doute de cote mal taillée. Chaque soir, je bois deux demis de bière. Depuis plus d'un an, je n'attends plus ce moment avec autant d'impatience. Mes journées ne gravitent plus autour du désir de la première gorgée. Cette permission que je me suis octroyée ne me conduit pas à boire davantage. Parfois, sans raison précise, la vieille panique me reprend, le plus souvent lorsque j'invite du monde. Je me jette sur un verre juste avant l'arrivée de mes amis. Je bois parfois quand je suis contente. Ou quand j'ai réussi à ne pas boire. Tordu, non ?

Si je pouvais résumer les doutes contenus dans mes questions, je dirais que je ne vise ni l'abstinence ni la non-consommation (qui signifie la même chose), mais le détachement.

Il y a un an, j'ai fait une déclaration d'amour à un homme. Je le connaissais déjà, mais je n'avais pas osé. Et là, je l'ai fait.

Épilogue

Lorsque je le vois, je n'ai plus du tout en tête le vin ou la bière. Pour recevoir l'offrande de son corps, j'évite la moindre ivresse. Cela me semblerait incongru. Son père buvait. Beaucoup. Lui a un malaise dès le deuxième verre, si bien qu'il ne boit presque jamais. Je ne tricherai pas avec cet homme, quoi qu'il m'en coûte. Il m'a pourtant dit : « Je ne t'aime pas. » Il me désire, mais il ne m'aime pas. Histoire triste ? C'est pourtant ce sentiment tout neuf et presque naïf qui m'a conduite à briser le cercle et m'a permis d'échapper à la répétition et à la négation du temps.

Un jour, pas si lointain peut-être, j'oublierai peut-être complètement ma bouteille. Je la poserai « à côté », tout simplement. Mais si je dois souffrir à nouveau et boire davantage, au moins aurai-je bu cette coupe claire, sans alcool, au creux de son épaule.

Remerciements

Marie-José Aloatti, docteur Philippe Batel, pour leurs conseils psychologiques ; Bernadette Kastler, Patrick Fournier, Jean-Louis et Éliane Langlois, pour leur indéfectible amitié ; Mathilde Nobécourt, Sophie Dufau, pour leur soutien littéraire et amical ; Aurore, Samuel et Vincent Dupuy pour leur patience et leur amour.

Composition IGS
Impression Bussière, août 2007
Editions Albin Michel
22, rue Huyghens, 75014 Paris
www.albin-michel.fr
ISBN 978-2-226-18055-1
N° d'édition : 25393 – N° d'impression : 072346/4
Dépôt légal : septembre 2007
Imprimé en France.